當代名家

蕭麗紅

白水湖春夢

寫給——
在世間受傷的

1.

菜市場——

狹窄的一條舊路，綿延三百餘尺長；全白水湖的街、巷，大、小都拓闊過，單存它留著，在替清朝做證！

一色的青斗石，在日本人進駐的五十一個年冬內，漸有老款。

上早，日本人來時，最悲傷、憤慨的一群，死的死，活下來的，不論被關抑是看管，種種曲虧，到後來隨著年、月老去——

中、日開戰後幾年，白水湖的壯丁，逐一被徵召離鄉，戰事當吃力彼時，飛機的掃射和槍仔滿天落，石頭和驚惶的人們同聲叫苦：

石頭是恨無腳走；心驚膽駭的人，則是怨嘆：生在這時這世！

衆人會互相言說：

「莫像牛，知死不知走！」

「去就去！世間我已經叫不敢！」

「徑不知路，闖來——」

……

話是這款，新的囝仔嬰，偏偏不斷，一批又一批，隔時未隔日的生出來：

在輪轉的生死裡，所有的性命，就這般死去，活來無停歇——

在最無望的時陣，連天都不敢趴耳來聽人間的怨嘆、叫苦聲……戰爭卻意料之外的停止！

一九四五年秋天，日本人收拾所有能攢的物項，一波一波，像海水相續而去……

同一時間，中國船從對岸的福州、廈門，日夜無分駛過來，……白水湖又開始人聲喧譁——

新車路上，三步一店，豐記、六合、全盛……代賣或直銷外地客帶來的布匹、衣物、雜項用品……每日，來去相擠的人，全數填滿小鎮的每寸空間，人和人，連呼吸都互相聽聞！

鎮公所未久貼出告示：

一、本鎮老舊市集雜亂，新菜市即日遷往青石巷。

二、新開的大馬路，街名太平，重編門牌，近日發放。

特此通告周知

白水湖鎮公所

鎮長　莊海水

……

錦菊就這般在外家後門開始擺菜攤；冬天、夏天，天熱、天冷，在她，也無非身上的衣衫加二、減一而已……每日她照常四點正起來，至多差五分，煮好大小吃食，然後趕在四十五分出門！

木榮會和她做夥，到大坵、內田一帶靠山邊的農家批菜，載回來後，全是她的大誌，他自己換衫褲，趕到海關檢驗所做他的工友，到中午錦菊經常趕回煮飯；菜市十一點過，就沒啥人，有時年節、拜拜搶市，她眞實未走之，婆婆會自動煮好給木榮和大小囝仔吃，省她許多掛慮。

如此——天烏，天白；天光，天又黯，日子這般過去，一手囝仔也大囉！

錦菊算一下時間：

伊二十歲嫁木榮，廿三歲開始擺菜架……廿五歲才生知理，也不知按怎這慢生，和她同歲的彩雲，十九歲年頭嫁，年尾生大樹仔……聽說前個月，親事已經講好了！

錦菊不敢想：

得等底時，伊才有媳婦入門，……知理十一歲，她的狗皮才八歲半，還在流鼻涕——

不知得拖磨到底時，才給伊卸這身重擔？不過才在講，時間也是快，才多久，她已經在這兒賣十一、二年的菜！

菜市像一個米字形，早期自東、西、南、北向入來的人，若遇著熟識，會說：

「你擠甘願未？」

……

彼種挨腳拌手的情景，三、二年過，起了變化，愛講話的白水湖人，一時間內，無人隨意開口——加上外地客日減，白水湖堪若一口熱灶，彼鼎水才要滾，忽然冷下來！

一直到中國船不行來以後，很久，很久，到現時也無半人知伊的徹底詳細！

……

錦菊的菜架在正中心點，四箍圍的人，都得經過她眼前，她自然沒賣過隔日的菜！

「底時妳若倦，這位讓我，價數好講！」

「——妳是想著啥？無事無把，半暝出一個月……，我不賣菜，塹厝做舍媽？」

「妳榮仔有頭有路，妳免吃飽換嗷！」

「誰不知，做雞就蹭，做人就掹!!」

婦人一聽，沒隙沒縫，忽然一聲：

「——妳敢是牛母？見著田就犁？」

……

錦菊一時無話；來發嫂這才轉笑道：

「你這位吃四面風，看五色人，我是眞意愛，妄想啦!!」

……

來發嫂訕訕離開，錦菊才繼續揀她的老菜葉：

確實！她在這個位，看不完形形色色的人！

全白水湖最重打扮的是江瑤珠：鎮長太太，伊外家是台南富戶，聽說：她家天天有干貝吃，干貝又叫江瑤柱，所以取這個名字；又講：她家每個囝仔，都有奶母，兄弟吃的牛奶內，得摻人參。

江瑤珠一年四季，都是合身洋裝，怎樣的布料、顏色，配怎樣的洋傘、皮鞋，沒人看伊重複——

通常她不上市場，家中有煮飯婆和一個淸潔女工，兩人會輪流來買，當然伊難免也來過幾次，大概家中來什麼高貴人客，值得伊指頭皆伸！

但其實也無，錦菊看她綿白的手，掛著大鑽石，指揮著一老一少提著物件……伊只動眸睭和嘴，身邊的人，全照伊的意思！

以往：

白水湖有一些老先覺，愛講這句話：

「少年的！這齣戲，看有無？」

「看在目裡的，不一定眞的!!」

「爲什麼？」

「用講的，若會清楚，世間就不會死彼堆人！」

……

「這就是世情!!」

……

眞正就是!!

錦菊也同意：白水湖最有錢的女人，才不是她；江瑤珠不過是俗語——無三代富貴，不知吃、穿——內面，那種知吃、知穿的人而已！

雙腳隨意踏著木屐，不成樣式的直統布衫一穿二、三天，頭鬃順手盤起，用一只柴簪固定，最不可思議的是：

一般婦人，耗時最多的面容，她卻是素顏無妝！

……

老白水湖人會講：

「黃金印沒閒工妝扮，抹粉，是因為她一堆金條、銀票等她去數算！」

伊出身麻豆首富：伯、叔、父輩，全是下營、新化一帶，呼水會結凍的人物

……

奇的是：伊十指與胸前全無佩戴，上、下無一細軟，只在腰間拴兩把鎖匙！

二副鎖匙，各自管著夫家與娘家陪嫁的無數地契、產業……

眾人都說：

「翁銀川加黃金印的錢財，合起來不知幾牛車才載得完？」

「伊若去寄錢，銀行的人每次點銀票，七點八點，手攏會拽到！」

更加離譜，搬錢彼個人聽說第二天免做事，坐著歇喘就好！

「是按怎樣？」

「手伸未直啊！」

……

話是這般在傳；偏偏，每日的柴、油、鹽、米，她無一不知，甚至買魚、肉、青菜，也無人敢短少她一兩、半兩！

黃金印也有煮飯婆，但錢項大小，她不交給別人辦：錦菊因此三天兩頭看伊上菜市；有一日：

伊竟然提二尾魚來與賣魚盛仔理論：

「你秤看——」

……

盛仔一時無話；黃金印慢聲道：

「你的一斤，只有十五兩平錘！」

盛仔賠笑道：

「可能魚仔失水啦！……補這尾小隻給你——眞失禮!!」

……

自此，人人皆知：黃金印買物回去，不是直接煮，得過秤錘，衆人以後就不敢大意。

白水湖最特別的人是：陳棋；現在他不愛衆人叫他本名，拜託大家叫他——「不來」「陳不來!!」

「不來?:那會不來!?:按怎不來!?」

「世間苦啊！」

「五花十色；敢有苦?」

「苦就苦在這，給你看無！若眞實看有，你們大家一個一個，走得尾溜直直——不回頭！」

錦菊心想：以他講這款也對！

陳棋還說：「戲也有做，破厝殘園變成好光景，書生往往當眞；愛到要死要活，命差一點無矣！」「咱，就是那個書生！」

「人只知晚時做夢，醒來講：好佳哉！是夢！不知：連日時也是！彌勒菩薩不是交代虛雲和尙：『凡身夢宅！』」

衆人又問：

「眞實不來，那不是變羅漢了？」

「阿彌陀佛——趁早修哦！」

……

他原本在街心開「渾沌館」，三代人都做擇日、看地的事；也奇也怪，四十歲以前的陳棋，自四十一開始換腸換肚——

「不來」素食以後，每每經過市場，衆人會去亂他：

「來喔！今日醃腸甲等的！」

……

「這尾鱸魚活靈靈！」

……

眾人怎譁，他走過肉攤、魚店，絕無停腳；眾人就講：

「你嘛，講半句分我聽！眞實抑假的？」

……

「有影無？古早一隻豬腳做二頓——」

「沙蝦得活的!!」

……

這種情形，「不來」就說：

「以前無明！是六道的流浪兒；吃魚，吃肉，都是在這個世間欠賬！」

……

後來，他的話愈講愈聽無，眾人也只好作罷；白水湖照常是葷葷、菜菜的一群人在浮動！

錦菊想來想去：

一個白水湖專門出新聞，會了未盡的，就是黑貓丹！她老爸柯兩傳，做過里、鄰代表、農會幹事，現時，開二間銀樓——

黑貓丹是家中長女，自小與人不同，十一、二歲起，就開始做白水湖小孩不行做的事，偷吃雞爪仔、豬腳蹄；大人問她：

「也不是不給妳吃！其他部位都也行，妳就偏偏揀這二項？」

「這才好吃！」

「妳去問看，一庄頭囝仔、囡仔，看誰吃這!!」

「大家呆！我像伊們?!」

「妳不受教，日後吃虧：吃雞腳爪，扯破冊；吃豬腳蹄，姻緣慢。」

「誰看到？」

……

「有影，我也不驚!!慢就慢，我管伊！嫁人是在做奴才，愈早愈壞……大人愛吃，就騙小孩！」

兩傳嫂自己說：

「伊做女兒未嫁時，血壓特別低，生一個黑貓丹以後，三時兩陣就變高血壓，一條命會給她收去！」

衆人勸伊：

「大一點兒會變，還是囡仔！」

如此，一年一年過，黑貓丹十三歲那年踏破厝邊紅瓦蓋……十五歲讀到初二，和同窗吵嘴，把人家的書本、裙角扯破——

到十六歲，她母親講一句：

「頂一代白水湖人，是不愛女兒嫁外位人！」

……

那個過年：黑貓丹跟一個新到，講中國話的警察私奔到台北，家裡的人五路去找，到伊阿舅帶伊回來時，已經年初四。

十七歲以後，黑貓丹眞正變做黑貓！一雙大目，水噴噴，特別密集的長睫毛，多動二下，同齡的少年仔，就開始無主意……

她補習半年，考上高商，讀一學期，也不知怎樣退學在家；有一陣子，她了無意思，整天上洋裁學校，凡事照規矩來——

如此二年，兩傳嫂說她的高血壓差不多全好了，誰知那年五日節，有歌仔戲來本地演七天公戲；戲團走的那晚，黑貓丹又不見了！

這次，她二叔是在七股找到人的，她帶著包袱，連夜去追那個演陳三的——廿二足歲那年，柯兩傳備齊三十兩千足黃金和一間店面，將她嫁給銀行一個職員。

……

買菜的人，三三、二二，錦菊感覺奇怪，順嘴問一個人客：

「才十點出，今日敗市？」

一個婦人應：

「才不是！去看鬧熱！」

「？」

「黑貓丹和伊婆婆相戰，一前一後去見公道伯，現在還在論理！」

……

公道伯姓李，叫公道，從日本人的保正，做到現在的里長，前後四十年，白水湖人不興訴訟，有糾紛走一遭里長辦公處，大都和諧、圓滿——

「敢是才嫁四十天？」

「是啊！還做新娘哩！戰鼓擂透透，戰棚搭未停，兩傳嫂自己講：伊得去戴一個小鬼殼（註①）才敢出門。」

……

婦人走後，錦菊四顧一番，也快步小跑跟上；說：

「我嘛去睒（註②）一下……，阿盛仔你眸睭借映著！」

阿盛一面比手，一面笑；

①小鬼殼：比喻假面具。

②睒：ㄕㄢˇ，暫視。見《說文》。

「同齣戲，妳們看不厭倦？」

……

公道伯處，即在市場轉角；錦菊見烏荖荖一群人，連柯兩傳夫婦在內——

黑貓丹脹紅面皮，目眶內像什麼直要跳出來；她婆婆大聲說道：

「伊講我苦毒伊!?給伊吃魚頭、魚尾！我嫁去林家三十三年，一向配頭仔、尾仔，中塊留給男人、囡仔，少年到老，未曾怨嘆過——」

……

說著，略停，喘一個大心氣，又繼續下去：

「——今日，伊講我虐待媳婦，好，當親家、親母和公道伯仔、以及眾人面前，若是我過分，道理絕對給她找到到，看是按怎攏無妨，也行與伊賠不是!!」

……

其實——

白水湖的婦女，那幾個吃魚中塊？

錦菊想了再想：

江瑤珠和黃金印，她就不知！其他，誰吃過，很好算數！

她自己，不是也——除了當年邱老師便當裡的那塊之外，這些年，她的魚中塊，不是都留給木榮和囝仔、囡仔？

……

原來：

所有婆婆收在菜櫥內，上好的魚、肉，黑貓丹才不管五六三十，全捧出來吃下肚，伊講：

「留給明賢？好份有他，我就免？他是父母生的，我敢是石頭孔彈出來？」

……

如此之事，莫說公道伯難斷，在場的人，一個一個嘴舌吐這長……但不管講長講短，講是講非，黑貓丹橫、直一句話：

「看誰要按怎？要離要休，我就是不嚙魚頭、魚尾!!」

……

衆人又是一陣評論。

錦菊回到架位，有人正在揀菜，趕緊招呼：

「昨日的荷蘭豆，好吃否？」

「普通啦——」

婦人回應道：「不過，『甘仔蜜』沒滋沒味！」

「哦!?抑是換紅菜？」

「煮這項麻煩！晚頓不行吃！」

婦人一面說，提了芫荽和菜頭：「逐日買菜，買到不會買！」

二人說笑後，婦人放了錢，匆匆離去：

「湯還在鼎裡——另日再講！」

……婦人一走遠，錦菊才發覺：她多放五角銀；每次，伊不但不像其他人，要蔥、要薑，甚至差個一角、二角，也不找——

錦菊猜想：

可能，伊自小習慣，不與升斗之人計較；

偏偏錦菊自己是那種：沒找，會死的個性，兩人不時為幾角銀在那推來塞去，有時人多，嘴內又不好明講，她會等隔天折還。

……

人已經走得沒看到影兒，錦菊還楞神想著：

整個白水湖，不論肥、瘦、老、小，或者有錢、沒錢，她看來看去，就是伊生得最十全！

一時間，錦菊也想無什麼話句，來形容那種美麗；她單單記住，那些男人看到「居前社」頭家娘時，會講：

「哎，堪若一隻黑蟻，自心肝頭爬過！」

「不止！不止！若像黃蜂叮過——」

……

「免歆羨！糜燒，傷重菜，菜得配雙倍！某姝，傷重夫婿，男人很快報銷！」

……

錦菊看一下手錶，十一點二分；菜場內，只有早市時十分之一的人不到，賣豆腐的阿河老早收攤；斜對面的豬肉攤，沒看到水龍的人，他後生福氣坐在那兒，一個頭殼不時歪過來、歪過去的盹著……，肉砧上什麼都無，只存一片白板油和一條豬尾溜。

路過的人走過去，又走回來，拿起豬尾去弄他，又拿板油抹他的面：

福氣楞楞醒起，一雙紅目四下看過，問一句：

「幾點啊？要去豬灶未？」

在旁眾人都大笑不止——

錦菊笑罵道：

「莫戲弄他！」

……

這一邊，賣魚盛仔正潑水洗貨架，一地的臭腥水，四處流，他嘴內哼著：

枋寮坐車到楓港，

攀山過嶺到台東，
有情阿娘就來送，
阮的故鄉是台灣。

……

錦菊聽著，聽著，人有些茫，有些要入眠夢……眸睭才要闔，一看菜架前站的二個人，眼皮像漿過，一下就撐開，二步做一步，走到兩人面前：

「素卻姊！」

「阿錦——」

……

來的婦人，一身青藍布衫，素顏無粉，身邊站一個半大人款的少年——

錦菊驚道：

「是：蒼澤!?才半年沒看到，大得未認之。」

……

男孩嘴角一抿，做母親的說：

「叫錦姨!你三、四歲時，伊時常去抱你。」

……

男孩面紅連到耳根，同時小聲稱呼；

錦菊看著眼前的少年，心事不能止，他的眉目，鼻嘴，完全是邱老師的模仔：

她動著嘴，半天才說：

「阿澤肖雞，今年，嗯，十三囉！」

……

男孩從籃仔內，拿出玻璃紙包好的什麼，放在她的貨架上。

「這是？」

婦人言道：

「厝邊有人嫁娶，阿嬤以前替他們斷臍，竟然好意送雙份餅，我切水晶和豆沙肉餅給妳們吃看！」

……

錦菊收了餅，將架上的菜綁了兩樣，卻又放下來：

「師母……」

「阿錦——」

「妳看，我一緊張，就忘記……素卻姊，我是恨無好菜，苦妳不提！」

……

婦人輕按她肩胛，說：「妳也知！家裡後院那些蕃薯葉，時常吃未完，……若欠別項，我老早講過：得算錢才可以！」

……

錦菊眞知：自己是恨無透早一貨架的菜，由伊去揀；她的邱老師給她的，豈是三聲兩句，講會盡的？

不過，希望歸希望，她得顧邱家一家老、小的感覺和衆人的看法！

自蒼澤阿公過世以後，她每星期都自動送菜去邱家，她們堅持拿錢，她也照收，那些錢，她一五一十，全塞入竹筒。

她這樣想：

等蒼澤長大娶妻那天，她才剖開，去銀行換大張銀票，一定得送大禮！

……

想到這，錦菊將菜放入蒼澤的籃內，也收了錢，說是：

「蒼澤六月就畢業，囝仔會大，人會老……先生媽身軀好嗎？」

「還算康健，妳有閒來坐，伊也時常念妳；我提這些布，要去配鈕仔色，大小和拉鍊，也不早了！」

……

看著母子二人走後，錦菊的心情，再也好不起來，她懶懶收著菜攤，僅留的一把菜，自己要煮……又將七、八個袋仔，疊在一個大竹籮內——

市場內，有一半以上的人，都改騎機車；她將一堆物件綁在自輪車後架時，路過的人問：

「老菊啊！妳的鐵馬底時換？」

「還順手呢！等二年！」

「——妳的腳敢是未痠？」

……

錦菊踩著車，緩慢回家，近午的日頭沒掩沒遮，她看著前方延伸不止的路面，心不住起伏，一路上，她都忍不住想起：和剛才少年同模同樣的面容：

她自己十三歲才上公學校，在此之前，日本警察和戶籍人員不知來她家走幾遭？她不是抱著小妹就是揹阿弟，一年拖過一年：

到後來，日本警察變臉，說要罰錢，還得去做工，她父母這才答應！

讀到四年級，她已經十六歲，學校開始叫全班早起上課，下午挖防空壕，中午一律帶飯！

有一天下雨，小妹一手拿姑婆葉遮頭，一手將便當交她，也不知姊妹兩個，誰人閃失，反正，她的中頓就——鏗——一聲落地：

那個時期，白水湖的囝仔，有幾個見過眞正的飯盒？她所說的便當，只不過是大碗公裡，盛著半乾半濕的蕃薯籤飯，上面放一尾魚脯……再加蓋一只粗碟仔。

一直到防空壕完成，她的便當都沒變過款式，除了有時加一些高麗菜乾！

……

當時，小妹一急，伸手將那帶著銀灰又有些茶色的鹹魚乾揀起，快速塞入她嘴內，然後要哭要啼，反問她一句：

「這得按怎才好？」

……

她哺著魚乾呑下，又彎腰將上層飯粒全兜起，塞入嘴內，一面說：

「堵著就知了！有啥辦法，頂頭這些也行吃，下面弄腌臢，你用葉仔先包好提回，等我返去，石頭，沙粒揀掉，洗洗就和晚頓煮！」

……

小妹還有些躕躇；她說她：

「飯粒撒在這……，妳在等雷公？」

「那，碗公呢？已經缺角囉！」

「碟兒、碗公攏得提回去，等那補碗的人若有來！」

到下午挖土時，她才知問題並沒全部解決；她的腹肚，堪若有啥怪物在那，不時咕咕有聲，和她一組的彩雲，先是怪她，後來忍不住，跑去報告：

「先生！錦菊中頓沒吃，她的便當傾到，根本沒氣力，害我……」

在場的二位先生，一個是日本人，另外一位就是邱永昭老師！

他沒教過她；在這之前，錦菊只在朝會時見過這人，在街上遇著幾遍！

他不知底時，攜來一個便當，是「阿嚕密」鋁製的，然後說：

「我十點半出校外去，到辦好事時，因爲餓肚，沒等回校，就近在『聞香亭』吃一碗麵，這個飯盒，妳替我吃，好嗎？」

……

時隔一、二十年，錦菊猶能記得：

當天，她在老相思樹下，吃著有生以來，最有滋味的第一個便當：白米飯，一粒蛋包，兩條菜脯，三粒高麗菜炸丸子，一截魚中塊！

之後，便當就一直是她的心事——

家裡田地收成甘蔗時，她想要送；那種白甘蔗，小小一支，卻是奇硬無比，沒幾人咬得下；收成棉仔時，她們一家揀了幾暝日的棉絮，看到軟柔一團物，也想要送，但後來都感覺太粗俗，拿不出手，甚至好笑，老師拿它，能做啥用？

姊妹後來商量，早晚多給雞吃食，且揀來蝦殼等物添加，果然雞母也沒白吃她們，五、六隻相爭像比賽，連連生二、三十粒卵，她特別揀十粒圓身的，先跟阿母說明前因，就和小妹送去——

老師那天偏偏不在，他做產婆的母親，和她推半天，才說：

「彼種狀況，做先生的，請學生吃個便當，是眞平常的事，也不是他自己餓著，省下來，妳有什麼好過不去呢!?」

……

「若講感激，他才得多謝妳，妳幫忙他，便當才沒臭酸！」

……

「我是萬萬無收的理！」

……

她當時聽到這兒，三魂沒去二魂，再說不出半句；先生媽看這款，又說：

「看妳的個性，記掛這久，若不收，妳心未自在，若收，我有慚有愧，也好，就全部煮熟，大家分分吃掉——無事！」

……

錦菊才騎到巷仔口，還未探著家門，一大群半大未小，大約十二、三歲的少年仔，一看她到，紛紛散去，走堪若飛；押後尾那個，手上還撿著竹竿，他一面跑，一聲嘩：

「小等，小等，……道友啊！」

……

衆人愈聽愈跑；他嘴動手也沒閒著，另一隻手兜著什麼在衣襟，跑二步，像有物掉落地，蹲下去要揀，才發覺爹娘只生一雙手；這下無法，更加沒命，起腳就跑！

……

錦菊一看，地上三、四個紅朱朱圓粒在旋轉，頭再抬起來，這聲未直：一條巷仔，自頭至尾，逐門逐戶，門頭頂的兩粒大紅圓全無看見——

「你們這『竹雞仔』（註）好樣不學，一巷仔內的紅圓全揀去，敢是監囚的？才放出來!?」

……

「愛吃不會嘴皮搧搧哩！」

……

冬至才過六、七天，每戶人家，都在彼日，以雙色圓仔祭天地、祖先，再找兩粒圓仔王，黏在門的兩頭，祈求新年冬平安，圓滿——

這些時，紅圓給風吹得又乾又硬，打在手心，堪若石頭。……五、六歲時，一堆囝仔伴，一四界去撿掉落的紅圓，再放在灶孔火灰堆炰。

竹雞仔：狀如小雞，無尾，多居竹林，往來無懼。台灣俗語：以比喻小混混，小太保。

實在不會講，炰過的紅圓有多好吃！堪若𥻵糬，柔軟會滴，放在嘴內，還會咬到舌！

也難怪這群潑猴！

……

回到家，已經十二點過，讀三年級的知理，已煮好飯、菜，且煎了一尾紅邊：

「咦！這大尾！誰人買的？」

知理剪著前齊額，後齊領頸的短髮，臉甚圓，以致目睭被擠變小……，她邊說邊替她盛飯，熱菜：

「是三姨婆和她最小的兒子啓明舅掠來的！」

「哦！妳那還未去學校？不是下午班？」

「今日放假！」

「嗯！啊——妳阿爸人呢？」

「吃飽去找文德伯走棋！」

「哼！那得吃!?走棋就會飽！」

……

錦菊洗過手、面，正要扒飯，又問：

「阿嬤呢？弟仔呢？」

「已經吃飽，阿嬤牽弟仔去五婆伊厝開講。」

「哦！」

「葱仔尾我均切好，攜去飼雞仔、鴨仔……。還有，今日來二個乞食，我分二角銀給他們！」

錦菊平日把賣菜袋內零錢留七、八個，放在特定抽屜，交代兒女，若有乞者，一定得給他！

「好！我知，妳也來吃，狗皮呢？」

知理本來面有笑容，被問這句，眉毛開始有憂愁：

「他從九點半出去耍，到現在還喚不入來！」

錦菊懊惱道：

「妳吃飽，才去叫他！就講我在厝裡，他若皮癢，竹箠仔隨時在等候，給他一頓粗飽！」

……

母女對坐吃飯；錦菊因爲有心事，未久，一看，知理已離桌出門去了；錦菊隨手扒幾口飯；平日，她這個時總是餓到腸仔相告，沒吃兩、三碗，未做得賬，誰知今早看到阿澤!?

錦菊的一雙箸，無心夾著魚……，這尾紅邊，頭連著身，大約尺餘，知理把牠切成對半，煎八分熟才潑豆油；紅邊是無細刺的，只有一條脊椎骨，婆婆和木榮把前身的肉剔去，她回來時，還看到頭和細細粒的魚眼，這下頭卻不見，當然是知理吃去！

……邱老師的魚中塊，也是煎過再潑豆油，如果他現時健在，那，他的人和那個便當，只使她想著感念未完吧!?

但是他卻在那種硬扯腸、肚的情形下，自她目裡消失，自此不見——

莫說邱家大小，連她，都不甘願!!

彼年，日本人離開後第二年——丁亥年，二月，春分前的幾日：

清晨五點半，天要光不光，四周圍若要冷，若不冷，……二十五歲的她，和木榮載著兩大籠筐的菜，從大坵田回來；

在經過白水湖國校時，她遠遠看到：岔路口，有二輛吉普車停著，因爲佔著路中央，往來又無半人，她自然雙目直看未移……，二台車並排靠著，裡面的人大概互相有意見，在那爭議誰先誰後，比手劃腳。

這時，後頭又駛來一台黑頭仔車：

因爲天還打灰光，她原先是看未清楚，也不很在意，可是，愈接近，她才看到吉普車上坐的，竟是熟識的人——黃潤，雙潤醫院的院長！

她自己難得生苦病痛，有事也只去回春堂；但黃潤是白水湖大小通知曉的人，聽說他讀的是日本出名的大學，而且是醫學博士！娶的牽手是鹽水港人，鹽水離這二十餘公里，在那也開分院，大概隔天來去怎樣……，詳細情形，她並未盡知！

白水湖第一出衆的人才，在大清早，穿著睡衫，坐在那款的車內，到底是怎樣的意思，她還未弄明白，黑頭車裡的另外一人，使得她大聲驚叫起：

「——邱先生——邱永昭老師！」

……

那一段路是小斜坡，她到錯身相閃時，才看清楚，可是車已滑走二、三十尺遠：

……

她一面叫，一面緊急跳下，且將車頭旋向；二隻腳緊踏無停。

木榮看這個勢面不對，自然停住叫她：

「錦菊！」

她未睬，腳愈踏愈快；木榮在身後第三次叫她名時，她回應一句：

「你先回去！今日，生意有做沒做無要緊；車內的人是邱先生，我得去看是怎樣？」

木榮騎車跟上來，罵她：

「妳是青暝牛!?空有氣力!!那些是啥號人，妳敢知？」

她全沒應他。

「那，全是虎、龍、豹、彪……妳知嚒？」

……

眼看即要接近，她那裡管木榮那些話？她一面回頭，一面說：

「——別項由你做主，打算，我無意見！單單這件，我一定得做，若無會死！」

……

她從來沒講過這種話，木榮一時被她嚇驚，就停住不動。

她人一到，先是開車的人大聲喝著；另外一個，穿深色衫褲，對她講一長串話，她是半句聽不來，只停車，看著邱先生，緩步走近，一邊問：

「老師——你是怎樣？」

……

她用一種差不多要哭出來的聲調在講，……老師看著她，還未開口，吉普車上跳下二個人來，變臉怒罵，一邊用手比手勢，要她即時離開！

當時，老師不知跟車內另外那人講啥，這二人就被叫上去，然後三車齊聲發動！

她愈著急，隔著車窗，連聲叫喚：

「老師——邱先生——」

車窗玻璃被搖下去，邱先生側著面，微探出來，在愈來愈光的天色裡，沈重一句：

「妳和他……趕緊回去！大家保重！」

……

「——好好活著!!」

……

她說不出來，老師面部的表情；車窗又被搖起來；三部車一一開走，同時間放出陣陣黑煙——

她先咽咽哭著，到車輛在她目裡，從變小到無矣，才開始頓腳、跺蹄——

回來以後幾天，她才發覺自己連月訊也沒……知理就是那時有的!!……往後，她根本無心做生意，不是到邱家照看老小，就逼木榮四處探聽，問得到的任何消息都好……那一陣，菜市內也完全變相，原本大、小聲嘩的人，忽然陰沈怪氣，任何人都貼近耳孔，才敢講話。

她呢？三日賣不對菜，二日找不對錢，顛顛、倒倒，白水湖那是這款樣？甚至在戰爭、空襲時，它都活跳跳！

不止白水湖，傳說，義竹、鹽水、東石、朴子等地，也有不少人同時失蹤——

蒼澤那年三歲，她時常去抱他，一面等消息；後來，木榮一個好心的同事，偷偷轉告說：

這件事，天大，地大……還是莫探聽好！

……

這些話，她一直沒對素卻姊提起，照輩分，得稱她師母才對，但二人只差六、七歲，老師也沒正式教她，伊和先生媽都堅持這個稱呼！

慢慢，一年，二年，……如今十年都過了，衆人也不知要死心不死心，但原本懷抱的希望，已經像這水泡，一點，一滴，漸漸破滅。

錦菊吃過飯，一邊回想，一邊在搦知理早先泡下的衫褲，衣服；皀泡隨她的動作，起起、落落，忽然生成又忽然破滅，一時聚圓，一時消散；世間所有的事，難道全像這泡沫一般，變易不住嗎？

知理居然想替她洗衫，一看就知，力頭不夠，搦過這幾件洗未清氣，唉！她至少還得六、七年，才敢想要歇喘！

……

正想著，姊弟二個已經入門，狗皮邊走，邊嚎，一雙手不停揉目眶，二個鼻孔，血涔涔流，滴到唇角，嘴內也不知涎泡抑目矢，哭一聲，罵一句：

「臭朝宗，駛你祖母，敢打你祖公，路頭路尾，莫給我張著！」

……

錦菊看他那樣，先是又氣又急，再聽後面一些話語，箠仔搤著就打：

「給你吃甚飽，要來蹧蹋誰？一身堪若土牛，我不是鐵人呢！」

……

「不成龜鱉，你才幾歲？也敢哆（註）人？罵罵過，誰要抵賬？不是換你娘給人哆？」

狗皮委屈道：

「他不甘輸贏，龍眼子不給我！」

……

錦菊竹片挏下，一面搊他洗身，一面倒溫罐的水來，先用手試，想著又罵：

「他要？全給他!!龍眼子若吃會飽，我那得四、五點出門??……你是苦我未快老??」

哆：ㄔㄜˇ，張口不正。

2.

金策站在前廳好一下了，感覺腳骨痠，隨意找個椅子來坐，但是，才沒二分鐘，他又站起，四處亂走—

他穿著寬木屐，這一來一去，聲響未停，自己都被吵煩；差出門的人偏偏還未入門，他再忍不住問：

「是叫誰去的？」

一旁的管事小聲應道：

「是阿標——」

金策罵道：「他有綁腳否？去這久?!」

……

「若去天頂，也差不多到嘍！」

……

正說著，那個叫阿標的果然回來，可是背後並無半人：

「頭家——」

回來這人，滿頭面的汗：「中醫、西醫我均請，可是，回春堂的外出未返，我等半點鐘，又去十全醫院，醫生也是往診；我不知是要等，不等，先回來問一聲？」

「你不會打電話？」

「電話未通！」

……

金策心想：不等不行，要等誤事！一時也無主意，便說：

「你再走一遭，若在，二人總請，若無，就叫車載你去朴子楊內科；誰在就叫誰，免逐項問！」

……

差喚的人一走，金策發覺，剛才一大聲，心火上逆，背上滲出汗來，他一邊拭，一邊摸自己的圓肚想大誌（註）：

大誌：大大記載，書寫一番，謂之：事件、事情。

不知爲啥，自小他的腹肚就圓，同班衆人，均叫他金龜！

他的左手，掛一只特大長形印兒指，足足一兩重；任何賬面，沒它蓋過，不能算數！

這些時，翁裕一直在病床上，前後個餘月，有一陣，甚至二房的媳婦、孫兒、女都分未淸楚，只在咽喉內叫喚：

「金策！銀川……」

……

白水湖人私下不叫翁裕，衆人同聲稱呼他：錢伯仔。

當年——

鎭上對外地唯一的通道——靑石街甚狹窄，日本人爲著發展港口，命令街後整排大厝的後院全打掉，當年家家戶戶後院相向，這雙倍多出來的空間，加上原先的舊巷路，一鋪上石頭、柏油，就變做超級寬闊的新車路；白水湖許多人家，因此前後門對換。

新車路上，錢伯原先就開幾家和日本人合資，做糖、鹽生意的株式會社，日本人倉皇一走，中國船來，他的店面益增……，乙酉到己丑這四、五年內，他更賺入無數家財！

庚寅年以後，中國船停駛，白水湖港也日益淤沙，但翁裕已成氣候，大街上所有掛著「翁記」招牌的，盡是他的事業！

操煩半世人，老人免不了也得躺下來，而且把財產分給二個後生：金策是少年時即精打算盤，讀二年初級商科，就替老父管賬。銀川讀書人，高等師範畢業，才回白水湖教書。

兄弟二個，怎樣分食，外人不知，但偏偏世上一堆吃自己的飯，煩惱別人家內事的，他們一人一嘴，說是：

「你看！碾米廠、客棧、戲園、布莊、棺材店、貨運行——」

「還有遠洋、近海，十數艘發動機船在內！」

「倉庫內二隻『大切』自動車——」

「錢，全在目裡，看得到，安心啦！」

……

銀川則不然；他做校長以後，錢項大小，都交與妻子管顧，那個黃金印，不止有來歷，更是理財專家；衆人講笑道：

「她這個人，可能專門出世要來算錢的！」

「聽說店頭生意不要，分了三甲土地，其餘全是現金；除了大頭仔和龍銀，他二人的『孫中山』全部放在銀行裡！」

「才不止呢！她在鄰鎮、外縣市，置下無數的房屋和土地！」

……

白水湖人看金策：

每天，摸著大肚皮，站在六個店面的大洋房騎樓下，指使、調度著，目裡看的，盡是他的錢財和長工，每日錢出、錢入，實在過癮！

但時間一久，衆人又有新看法：

「這齣戲，眞實看無！」

「翁銀川和黃金印才是厲害！因爲一莊頭，無人想到去向他借錢！」

……

金策這下來回不知幾遭，請醫生的人，出去若無矣，想著，他又罵：

「若叫一隻蜈蚣去，也到了！」

……

他走著，往內房來探頭，老人倒在床上，似睡似醒；阿蕊、金印二人，交叉著腳，靜坐一旁；

他招手叫自己妻子出來問：

「有清醒否？」

阿蕊搖頭道：

「只是心肝窩兒溫溫，叫也未應，……你去聽看，出來的氣息粗，吸入的較細

——」

……

金策一時也無主意；阿蕊又問：

「大大、小小在外面，要打電話全叫回來否？」

……

二兄弟都已經五十過頭，最大的女兒春常、春水，嫁到外地，中間的男丁：彥清、彥志，兩個堂兄弟在台北讀大學。

阿蕊往下未再生育；金印卻在三十六、七高齡時，連趕二胎：小女兒春枝，如今十五歲，每日通車到新營，小兒子還在國小——

金策想著說是：

「台北那兩個，是得叫，家內二個小的，不是四、五點就入門？」

此時，黃金印在裡面嗯一聲，也走出來：

「哥啊！嫂仔！」

……

她人粗氣，聲嗓卻極清揚，有若樂音；少女時，台南法華寺的出家師父說她：

「聲音好聽，是一個人前世沒惡口罵人！」

……

金印隨便一件家常服，人又往橫發展，站在阿蕊身旁；金策平時也未感覺自己妻子如何，可是這一站，才看出牽手相當出色！

那個黃金印，日夜與財糾纏，整個人，愈來愈似錢筒：

「我過來以前，已經先給銀川搖電話，他等下會揭彥博趕到！」

……

每次看她，金策都無法將人和聲音聯想，他停住一會，略略回神，才說：「那就好！那就好！」

「還有，春枝是準時坐四點二十那班車馬上就到，只有春水，我正想問：哥啊嫂仔的意見！」

金策道：

「嫁出門，一家一業，照規矩，這個時，還無通知孫女的理；伊二人還好，若是大口灶，一家公婆，大、小，怎樣走？」

金印道：

「是啊！是啊！春常在粟子崙還算近，春水嫁去台南，路頭抵天——」

……

正說著，前面賬房差人來講：

「因為車調度問題，二個司機，直要打起來！」

……

金策低聲罵一句，回頭交代娣姒（註）二人：

「現在時新世界，也不一定照舊禮，妳二人參詳看，若有時間，返來看阿公也是好！」

阿蕊催他道：

「知！知！你趕緊去看一下——」

金策隨著那人出內廳，直過天井，再彎一個穿堂，從前廳繞到店面來：前頭，二個粗壯司機，各帶隨車捆工，正要動手；這邊罵：

「我走鹿草線，三步一窟，蹬得要歪腰，你今日講什麼輕巧話？」

那頭應：

「誰教你！那條路草壞，世界皆知，你當初嫌太保線物件重，搬得直欲斷氣，起，倒，全是你的話。」

……

金策把話聽清楚，往二人中央一站，說：

娣姒：ㄉㄧˋ ㄙˋ，《爾雅·釋親》：長婦謂稚婦為娣婦，娣婦謂長婦為姒婦。

「什麼大誌?門扇板關不密?」

兩下都還有氣，看到金策白白一團，隔在中方，又感覺好笑：

「他——」

「他——」

「天破嘛，也行補!什麼未解決?」

金策自少年起管帳，即和長工做夥，悉知衆人心性，家中這些人，也無一個看他動性發火……有啥不對，叫到面前，講他二句，也無人哼嗐——他難得出重話罵人，最氣時，總是講這句：

「我聽你在唱!」

……

看他二人要笑不笑，金策又說：

「好未?你二個，若吃甚飽去駛車!」

……

二人還是膨頭膨面，無一個應答，金策再說：

「若無事去睏!有話就來找我講!」

二人還是無話，金策又道：

「若要輸贏比拳頭，就去宮口搚石獅!」

……

這下不止二人，在場大家都笑，正鬧時，阿標帶著兩位醫生踏入，金策才要開口，隨即又止。此時，管事一頭撞進來，上氣未接下氣，說是：

「老頭家，老頭家——」

……

金策這二年胖了不少，他又省，洋服西褲一改再放；他的皮膚極白潤，跑起來，比誰都笨拙，好不容易彎彎、越越，來到內房：

「阿爸！阿爸——」

……

老人的雙眼一直往上吊，這時，從學校趕回的銀川，也搦著小兒子，從毗連的後園小偏門入來；

銀川除了戴金邊目鏡，其他身量、膚色與兄長相同，只是肚圍較小。

二兄弟齊彎身，摸著老人的手：

「阿爸——」

「阿爹——」

「阿公——」

……

一房間的人連聲叫喚，老人並沒再睜開目來；隨聲趕到的醫生，一個候脈，一個取出聽診用具，放在胸坎上：

「怎樣？還有氣否？還在跳否？」

「還有救否？」

……

隔天。

「翁記」所有店面和銀川的三樓洋房，都貼出「嚴制」二個白紙黑字。

連著幾日，嫁出去的女兒、子婿、外孫，都返來祭拜，孫兒、媳婦、長工、雜事、姻親、五族內，所有有關係，無關係的，都找到機會出腳出手，上上、下下忙亂著。

第三天：

錢伯直直躺在大廳前，腳底是翁家女眷連日連夜摺好的蓮花元寶，一落又一落。

四周圍排滿紙紮的祭品，地上一個金鼎，不時燒著。姑婆來了，哭大哥，姑丈公來了，叫妻舅；外甥、侄女，停不了的親戚……

每個人都點香來和他講話：

「……死後爲神，保庇大家平安！」

拜過的香，一絭一絭，被丟入金鼎，火燒愈旺，上升的煙味裊繞，轉彎，後來就被吸入會喘氣的肺裡。

……

偏聽這裡，金策兄弟請來陳棋商量，底時入殮，那一天出山……

銀川是新派思想，說：

「我是不贊成看日！隨時可辦！」

金策說：

「我並無堅持，但禮俗無顧，招人評論！」

……

一旁的陳棋出聲說道：

「照講，我是不該來，我早就不以此爲業，但金策小學六年和我坐同一張桌子，總有難推之情！」

……

「以前，我學的是世間法，趨吉避凶——易（經）爲君子謀；現在，我修持出世法——了脫生死，是曰丈夫。人生是長寢大夢！」

兩兄弟有些聽得入耳，又有些迷惘：陳棋又說：

「你二人說的，也對，也不對，……不看日是正確的，但必須是證空之人，也就是錢財、兒女、妻小、權位、不放入心內底……因爲知這是——諸緣會合，聲過長空而已——聲過長空敢會留？」

……

兄弟二個，你看我，我看你，不知怎應；

「——若還有追蹤，就有命運，就給業力牽著，得用有爲法：世間法，因爲『執有在數！』」

這種會了未盡的事，一時也講沒得清楚；二人送走陳棋，正在亂心，管事阿寶，後腳踏前腳的趕到：

「頭家娘請頭家……去看！」

「是啥大誌!?」

「老頭家指頭仔會撓，我也不會講！」

……

兄弟兩個，急急就走；一面走，心不免上上、下下，回到前廳，這一看，齊齊楞過去：

老人弓著身軀，正緩慢坐起來，他先是揉目睭，隨便問一聲：

「我睏幾暝日？」

……

「也無人來叫我吃飯？」

……

衆人此時都沒講話，所有的咽喉同時失聲，只是目睭沒人睍：

老人待坐好，又說：

「咦！這板好料身！上等樟仔——」

……

他一面鑑賞，一面摸長板，等看清眼前一群人時，笑起來：

「你們大家皆到哦？放帖兒也無這齊哩！這堆人在這做啥？」

因爲衆人無一個應，他又想起問是：

「我，明明在房間睏——誰人吃飽甚閒，把我扛來廳頭中央？」

……

他轉身欲站起，卻是一陣暈眩，看到腳前滿滿一碗白飯，上頭還插一雙箸，旁邊一粒鴨卵，就說：

「誰人這沒規矩？箸是不行揹（註）這款！不是講過，那是要給死人用的！」

揹：ㄎㄣˋ，俗謂滯留不發曰揹。

……

阿蕊看到這，趕緊近前攙扶：

「阿爹——慢慢來！」

老人坐好，且說：

「我是幾頓沒吃囉？腸兒、肚兒在相告呢！」

他一面講，一面捧飯碗，拿著竹箸欲扒，想想又問一句：

「阿蕊啊——我才要問妳！他們今日煮什麼菜不捧來？……單單一粒卵給我配？」

……

二兄弟大門上的白紙，撕下來沒幾天，全白水湖人人皆知：

「錢伯仔又活過來！」

「伊娘咧，有錢放尿會過溪？我才不信閻羅王永遠不收他？」

「不知紅包有效否？」

「聽說：那碗腳尾飯扒甚狠，差一點兒鯁到！」

……

但是，好奇，好怪，原本儉腸歛肚的老人，自那日醒來，開始變款：

他透早透暗，攏在找吃食，菜櫥內所有的三層肉，他用大碗公盛滿滿，大吃大哺，二、三點鐘過，就跑廁所，然後又開始抄菜櫥，他不愛飯菜別項，若不給他，就大吵大鬧。

一庄頭的醫生，皆請來過，竟然結論相同：

既然胃口好，精神充沛，胃腸也無發炎，其實免操煩！老來隨在他歡喜！

……

錢伯就如此這般，亂了六、七十天，兄弟二人也無對策，偏偏就有薄嘴舌的人，講些閒話：

「老爸放一堆家財給他，多食幾頓，那有啥？」

「免講五、六頓！一日就照廿四頓，也吃他們未倒！」

……

這時陣：

錢伯都在金策這邊，較早以前，他就很少過銀川那裡；第一、這兒人來人去，他愛鬧熱，而金印與他對坐，時常一日講無二句話。

第二：同款請人煮飯，阿蕊有閒沒閒，攏親手捧上桌，請他先用；金印就時常由煮飯的人招呼他吃……時間一久，他乾脆說：

「我已經老了，腳也畏走，以後攏總在這吃，爲著公平，輪到誰就捧來！」

……

如今，衆人亂了方寸，也不知款待他吃啥，飯菜照常排在桌，老人只愛吃豬肉；三餐之外，他就抄翻金策這邊菜櫥仔。

這天。

錢伯差人把金策叫來面前；金策才蓋好印兒，拭去硃泥，又套到手上；一看老人，竟是沒有心事的孩兒面：

「阿策，你有聽我的話否?!」

……

金策微收著腹肚，略略彎腰去就老人的身：

「阿爸，你交代什麼？」

老人想一下，才講：

「你有信否？我前一陣，遇到你阿公……咦！阿公今年幾歲？」

……

金策心一沈，阿公不是作古一、二十年了……他倒抽一口氣，才說：

「阿公，一百歲了！」

「嗯——」

老人點頭誇獎：「你記性好！叫你記賬無層疊，……我算來算去，無加無減，足足一百歲！」

老人認眞在講，金策也認眞在聽。……這段時日，他也講過一些五、四、三，沒頭沒尾，不著邊際的話，衆人只要感覺無妨礙，也不在心。

「阿策，你阿公吩咐，叫你把所有的漁船全賣掉！那些，後日兒也是賬！不好算！」

……

金策一時無回答，自己阿爸不知在啥款情形下說這話，若未淸楚，他要講啥？

「……詳細原因，阿公有講沒？」

「那會沒？」

老人震動著他的下頦，說是：「他一步一句，特別交代得講給你知！」

「阿公有啥看法？」

「他講：人若三頓沒法度，來做網魚營生，總是有話講，天也無絕人生路……若一旦富裕，再賺這種殺生的錢，實在沒意思！」

……

金策已經滿身重汗，說不出話——

「『若賺失德錢，就出討債物』，你阿公講他拚著老命，才會我一面，這句話，無論如何，你得記在心，不行忘記！」

……

金策一面拭，汗還是一面流；一件內衣濕去半邊，他略略想一下，才小聲應答：

「我知曉——阿公還交代別項沒？」

老人唉聲嘆氣：

「我也想要多問幾句，都是那個白頭毛，長嘴鬚的老伙仔，一直趕，一直催！」

「是……什麼人？」

「一個阿伯有夠老，問他幾歲，講啥忘記囉，乾會催我趕路！」

……

「到一個所在，我從來未去過，他把我推搡一下，嘴內還唸：『翁裕，趕緊返去，吃夠數才來！天地攏無虧欠人!!』」

……

講到這兒，老人不再說下去；金策聽得正入耳，那裡肯停？

「然後呢？然後呢？」

老人道：

「我就看到你們一堆人，擠在廳頭。」

金策不再出聲。

老人反而說他：

「你這，叫做：無事請祖師公！我不過多睏一下而已！」

金策還是沒講話——

老人於是說：

「好囉！去無閒你的：船看是怎樣發落，想乎妥當！」

金策更是不知該說什麼；

「我有嘴講到無涎，你得聽入去……下回，若再遇著你阿公，我也有交代——」

……

早起那些話，一直到黃昏，金策還在心內軋滾；晚飯時，他隨意吃一些，沒啥胃口；阿蕊特別挾了芹菜放他碗內：

「不吃這，血壓又高起來！」

……

金策埋頭扒飯，隔一下，感覺滿嘴粗莖，又舀湯來配，好不容易吞下喉，才說：

「芹菜切甚長，堪若牛哺草！下回叫我吃這項，切做芹菜珠煮在湯裡！」

等他碗箸放下，阿蕊又泡茶來，金策啜一嘴，就說：

「嗯，這茶和以往的不同。」

阿蕊也道：

「是阿標他家自己山上種的，他拿來半年久，我想：春常買回來那些吃完再泡，誰知這好！」

金策附聲道：

「嘴飲到肚，一路不會講的甘！」

「阿標說：差在外面一年四採，他們是一冬收一遍，春夏秋冬，茶應該有的質，攏齊全。」

……

喝過茶，阿蕊照常催他去後園走走，若無，一個圓肚愈坐愈大——

金策邊走邊說：

「我乾脆也不對賬了，今日放我清閒一下，若想到老的那些話，我頭就脹一邊！」

說著，走出內廳，往後園來：

這一路無聲，自己也有些驚疑：往昔，他穿那種日式寬木屐，走到那裡，人未到，聲先到……偏偏，在前段時日那種亂陣，被阿蕊硬換做塑膠便鞋；伊講：

「阿爹的事，已經是操心剝腹，你前前後後，一厝內吱吱、嘓嘓響，我這下若聽到柴屐聲，心臟就直直要定去！拜託——」

……

塑膠是那時才推出應市的新產品，不只鞋，差不多的日用品，能替換皆替換：面盆，水桶，尼龍繩。

他和銀川二人的前屋，都是紅磚水泥，毗連的後院，也沒那個認眞去劃界，只架些竹籬，栽幾排花木隔著，且做一個小偏門，當初也是方便老人兩邊來去。

五月天，夜合和含笑當季，兩下開得無顧身和命。

後園有燈，就著天星、月光，金策遠遠就看到春枝拂花而過：

「東娘仔，吃飯未？」

……

「東娘仔」是前淸時，台灣婦女自行縫製給小孩戲耍的布玩偶仔，十一、二歲的小女孩，也有自己動手學做的，當年：

金策因爲自己妻子少生育，不時將銀川、金印中年以後又生的女兒抱來逗弄，金策圓滾滾的人，抱著小囡仔，久來，他就給春枝取綽號！

「大伯！」

春枝此時讀初中二年級，正當矜持、羞澀，但因爲自小與阿伯親，比起他人，當然不同！

「我捧阿公的飯菜來，阿公說他吃不完，叫我陪他吃。……貓咪來！」

……

她一面講，一面將盤內的魚刺、頭尾，倒給自花牆上輕躍下來的兩隻黃、黑貓。

她穿著制服，繫著中學生皮帶，直髮以夾仔約束住，微紅的面容上，兩粒杏形眼睛：

青春；眞實偸藏不住！

……

金策怎樣看，春枝都不像黃金印的女兒；這些時，伊較常過來，金策愈看她，愈感覺粗氣；只要不開口，那些財富、出身和背景，完全與她無關！

春枝骨架較小，全身卻圓緻緻，也無特別像銀川；銀川的眼眶太大，帶著威嚴和謀略。

春枝圓臉、寬鼻翼以及根根見底的眉毛，不正是他過世母親的模樣?春枝其實最像阿嬤!!陳棋從前看她，每每搖頭感嘆：命好之女，無有過者。尤其眉毛排列有序，旺夫之格，良有以也！

他母親已經過身十二年，如果今日還健在，一定最疼她——

……

金策正想著這些，春枝已經開了小門回去，她邊走邊說：

「大伯，我這兩日有考試，還未讀好！」

金策想著問一聲：

「妳明年畢業，是考高中，還是啥？若讀商專，以後來替阿伯管賬！」

春枝停一下，回頭說：

「我想：考師範！」

「也好！妳興趣就好。」

……

小偏門是雙面做門，春枝一走遠，金策又開始有心事，他七走八走，竟然回到自己房內！

一進門，看阿蕊手中拿著賬冊，問道：

「誰人不知死活？拿這來？買命哦？我聽他在唱?!逐日得做喔？叫不敢不行哦？」

阿蕊笑他道：

「你要和錢使性地？」

金策哼道：

「眞實這硬？納涼半刻——」

阿蕊揶揄他：

「人欲歇睏，錢不歇睏，誰有法度？人二腳，錢四腳，敢會擋之？」

……

金策乾脆不應，由著她講。他坐在床邊，先打一個呵欠，沒二下，眠床像有吸力，將他整個身軀吸附過去，阿蕊看他躺下，又說：

「你這個人，不行挨眠床！才七、八點，你要睡到那一個朝代？」

金策聽她說，翻一下身，眞的放心睡起來：

「——我這二十年來，無一日睏飽，眞正叫不敢了！」

阿蕊一時無話，等想著什麼要問，卻聽到一房內的齁齁聲，厝瓦蓋差一點就掀起來。

第二天。

金策起得特別早，才五點過一些；天，渾沌半開，若光若無。

他先在小天井甩手，做運動，……然後洗手、面，便往後廳來吃食；此際，天已光，他一踏入，老人正放下碗、箸，看是他，叫喚道：

「金策，你也來！」

……

他一走近，問聲：「阿爸，你這早!?」

「是啊！我吃飽，即要走了!!」

像有什麼，一下重重打擊金策的頭頂……，他匆匆扒一碗糜，配了醬菜、豆腐，便往房內找洋服褲，摸著二張伍拾圓，又翻抽屜，找到紅紙袋，然後換外出衫、褲，大步踏出門來：

金策先是三步二伐，走到大街，過一下，又停腳自己問道：

「這早，我敢是要看人吃飯？」

想著，開始放慢腳步，款款在走……他自己已經忘記：有多久沒往大街行踏，尤其難得一早起無事。

路上的人，三三、二二，背書包的中學生，交了夜班回來的電信局職員，批好菜蔬往市場的小販……

金策走著，先在路口遇著殺豬的水龍，他載半隻豬體，停住機車叫他：

「喂！金龜，無閒乎？」

金策很久沒聽這式稱呼，有一點兒未自在，也趕緊問人近況：

「大家好嗎？」

水龍道：

「是平平啦！單單欠一個細姨！」

……

二人互相推一下肩頭，說笑二聲，才各自分手，走自己的路；沒多久，又看到收早班限時信的阿田和才升電信局長的正茂。

阿田是做到厭倦，在等退休；正茂則是興趨趨，男兒得意時……

……

金策其實心裡有事，說話有些沒下落，但顧慮著別人會說他：「有錢使勢，結蔘仔氣。」所以多講幾句，才和大家分手。

他們幾個，和他在白水湖國小同班，自畢業至今，四十年都過了，時間這快，過去種種，想來才像是昨日的事！

經過舊「渾沌館」，門只開一半，原先的招牌已取下，陳棋也通告大家，他不再以此爲業，甚至這個世間，並不想來……衆人從此改口叫他：「不來！」

金策早先聽衆嘴傳言，也想過好奇，去問他：怎樣一個不來法？像他這款，凡事綁身，若不來幾遭，也是好大誌！

這要踏入、不踏入，金策想一會，直接就往碼頭方向來：內心慢慢想好，等一下，見著「不來」兄時，該問他什麼！

這兩日滿潮，加上風勢，海浪正大力推擠對方……看那落馬下來的，好不容易，呼三喝四，準備再起，這才發覺：兩下難分，你我共體！

……

金策踩著被潑濕的碼頭岸邊，看到另一頭，漁會大樓延伸出來的廣場上，剛卸貨的幾艘遠洋船，早綁好粗纜，被冰凍得異常堅硬的大、小魚屍，散置地面……，然後，二個警察和港警走近船身。

金策認出來，帶頭的警察，正是省三——新任的白水湖分局長；又是一個老同窗！

船上的人員，此時又合搬出長長一具什麼，用塑膠布包著，小心抬到魚屍旁放下，然後一些人圍上去！

……

金策不想近前去：剛才看那些僵硬的魚時，他已幡然欲嘔……怪不得阿公叫他賣船！

人群有一些雜聲，塑膠布大概被掀，動來動去的人牆中，微露出一個小隙來！

金策已經回頭向街心走，……免問「不來」，他也想通該怎樣！

那個人，無論是失足，或者被害，甚至自然病死，他都只有被儲藏在冰冷無情的凍庫內，等著靠岸這一天，被當做一個物樣，證據，交與家屬、官方。

航程如果一個月，他就得和先前被他網拿的魚隻們，一處擠身冰窖；魚們不知會記仇否？大家有無齊來爭看，這個代表貪心人類，掠它、吃它、賣它的年輕漁夫？在洶湧的大海和紛亂苦海中，到底是人無辜……還是魚兒？

……

經過「不來」處，金策一腳跨入，看到陳棋，說聲：

「老兄！一早起，我開了五個同窗會，連你——」

……

陳棋沒講話，帶他往內廳來坐，自己又出去燒水，準備茶具。陳棋祖厝在獅館巷，妻小都住那邊。

金策一人坐在廳裡，抬頭先看著正中牆面，掛個字匾，書是：

出生死夢曰覺　　　　鳩摩羅什

金策原本隨便坐，看到這字，趕緊坐正，頭一旋轉向，又看到另副對聯：

秤錘落東海；
到底始知休。　　　　寒山

看到這字時，金策先想到黃金印：

「咦！這不是在講伊嗎？」

然後，他隨即又想到自己：

「這，不是也在講我嗎？」

最後，他想通過來：

這，不就是所有的世間人嗎？利、害、得、失，大家不是隨身都攢一隻稱仔嗎？大家一定得等「到底」彼天，才要罷休嗎？

……

陳棋再回廳時，托著茶盤、茶水等物，二人對坐，拿起茶杯就啜：

茶過三泡，二人都無話語；金策便把老人的事，說了一遍，又道：

「我若想到這項來，連衫都穿顛倒邊……，像他這款，敢有要緊？」

說著，摸出紅包袋，放在茶盤，又加一句：「這次，你一定得收！」

陳棋伸手按住他：

「你拿回去！」

金策道：

「我實在困惑，也無人參詳，並未將你看做方術之人！」

「好！」

陳棋當下便說：「我把話講在先：錢，你收回去，以後白水湖有什麼孤寡，把它捐出來……隨便用一個名，只不行是我的，如此才談！」

「好！好！」

金策一聽，連聲答應；又問一句：「要老的八字做參考否？」

陳棋搖頭：

「我有老伯的四柱；他六十歲時，自己找我算的，壽元七十五，是今年沒錯！」

……

「會這款，是祿神！」

「？」

看金策不解，陳棋又道：

「食祿不足數，他少年太省咧！福分未盡，人是不會走的！」

「那——你這幾年不吃，以後怎個了法？」

「吃夠即走，是假了，表面了；這世結束，吃一嘴，還一口，沒得便宜！若像簽賬簿，後世沒來未做得賬！你日日摸賬簿，最清楚！」

……

「別項不說，你想：既然有輪迴，這千千萬萬世，每一世的父母到那裡去？他們不一定再得人身，若到畜牲道，你知：你昨天吃的是誰的肉？」

……

「當然，全素的意義是慈悲，有助修行，但不是全靠這，若是，牛、羊不就全解脫了？人每個起心動念，都是一粒種子，累劫累世，全存在第八識裡，每結束一段生死，下一粒最強的種子，就帶你去相應的世界再投胎。」

……

「《地藏經》講：『流浪生死』，我們都在生和死中間流浪，不停歇。譬如：一個殺人犯走過，看到囝仔跌落水，順手拉起；殺人是地獄因，一定要去，救小孩是往人道，所以幾分鐘內，他就造二世的因、果。其他，若是愚癡、縱慾、雜交，……得又去畜牲道。若不惜糧、慳貪、吝嗇，是餓鬼的路。愛生氣、嗔恨是阿修羅。做十善（註）又到天界。人往往無明，好、壞都做，六道輪著走，其實天界也未究竟，還在生死、輪迴裡，福報享盡，還得投胎！」

「可是——」

金策忍不住問：「因果誰看到？沒看見，眾人不信！」

十善：不殺生。不偷盜。不邪淫。不妄語。不兩舌。不惡口。不綺語。不貪欲。不瞋恚。不邪見。

陳棋道：

「就是知你們不信，佛陀才說此『世間難信法』！因果其實在適當之時看得到；若容易看到，人人一出世，就搵刀欲找前世冤家，就失去煩惱即菩提的眞實意義！再說，五戒（註）守不全，後出世想得人身，還得眞拚呢！佛菩薩是多少劫不打誑語，才修到這個果位。《金剛經》說：『如來是眞語者，實語者，如語者，不誑語者，不異語者。』不信，待如何？」

……

金策摸著自己的頭，訕訕在笑。

陳棋又說：

「時節、因緣不同，衆生亦有利、鈍；像我看到因果才起步，不是上根器，在來未來，去未去之前，恍然覺醒……大慧禪師有一偈：

生從何處來，
死向何處去；

五戒：不殺生。不妄語。不偸盜。不邪淫。不飮酒。

知得來去處，
方名學佛人。」

金策道：
「我已了解，你爲何不來！但你講因果之事，……敢有什麼我不知的？」
陳棋說：
「不來其實也不對，那是阿羅漢的自了法，其中還有七番生死——講來話就長！」
金策道：
「那，你是要來抑不來？」
陳棋道：
「不來，是捨輪迴身，逆生死流，不再以凡夫面目來，因爲只會造業；要來，是：世間若還有一人甚至一個生命受苦，就要來！」
……
「經上說：衆生是一群在失火房宅內戲耍的小孩；自得其樂，而渾然未知：他們眞實不知，可以叫他歡喜的，就可以叫他流淚。學佛的人覺察，逃開了；羅漢跑掉不回頭，菩薩在出離之後，會再入內揹人。」

金策這時是眞實說不出話來——

陳棋又道：

「你不是要問我看到的因果？以往，我是看日持齋，還未全素；四十歲那年，我歛心靜坐隔天，家裡的狗發出的音聲，我突然聽知意思。」

金策驚問：

「狗說什麼？」

……

陳棋反而不說，金策又問一遍，陳棋才言道：

「這事我也少對人說；一般人不信；孔子的女婿公冶長不是聽得鳥語嗎？心的朦遮愈少，愈知天地，但神通只是佛法的皮毛，如果不是爲了利益衆生而修行，如果不發無上菩提心，神通即成魔事，即與它相應，因爲魔愛神通。」

「狗到底怎樣？」

「那隻狗講牠前世欠我！」

……

「這世，顧一日門，還幾角銀，慢慢抵。」

……

「三年過去，有一天，牠講：已經還完，牠要離開。隔日，眞實沒看到狗兒影。」

金策感覺自己額頭熱熱，問一句：

「你有找嗎？」

「四處都去，就是找無！」

……

兩個男人對坐一會無話：後來，還是金策開口：

「我也即要六十了！也得來想一些這方面的大誌，不行一天一天過——」

陳棋道：

「我慢入學，多你一歲。」

金策道：

「本來要問漁船的事，早起看海水仔的船，載一個死屍回來，心內就有打算，又聽你講這！」

陳棋暫且不說，先聽他講：

「賣就賣；另外買一隻小船送警察，也行救人！」

這一聽，陳棋笑道：

「是啊，趁早收手！你聽過：莫爲兒孫做馬牛否？這句不是講：你現在拚死拚活，像牛、像馬不值！」

金策問：

「不是又指啥？」

「眞正的意思是：錢也無人攢去，何必爲著留給後代，去賺那種有業的錢，自己後世才在揹因果？」

……

二人相笑分手。

金策向前，走約十餘步，都快到大門口，忽然聽陳棋在後，無限感慨道：

「以前算命，確定也眞實看到——不能著力的那一點，叫做命——眞實是力量到不了的所在！」

……

「現在想來，自己拼湊一首，也不知算對聯否？

人生自有著落處；

盡枉從前錯用心。」

……

金策不免點頭稱讚，點著，點著，一注意，才看到自己已在大門外——他忍不住向門內的陳棋說：

「等你那天寫好，得送我，我要做一個框，裱起來，掛在店裡，天天看，才不會打一世人算盤，全算未合！」

門內的陳棋聽說，哈哈一陣大笑。

金策站了好一下，再舉步時，只感覺全身輕快：

他想到他原有的那雙大木屐，每次踩在紅磚地，發出的吱嘓聲……此時想起，竟是不忍再聽!!

阿蕊居然找未著!?她先是將它收起，時間一久，自己也忘記藏在那裡!?

他現在腳上，眞正是一雙方便軟鞋！

……

金策才走二步，遠遠，他又看到管事阿寶，正用那一貫找他的表情和腳步，往這邊趕來，在這一瞬間，金策眞想有個所在，可以藏身起來！

3.

這一、二年：

素卻都沒做什麼衣服，「家庭洋裁」那塊招牌，拆下置於後院，這些時，風吹雨淋，連字都看眛清楚。

也還有三、二個老主顧，一遭一遭來央她：

「減量就好啦，莫全停工！」

「妳針黹幽，別人未戥我意；」

「工錢也行加啦！」

……

她今年四十六，已經老花，婆婆早就不贊成接件甚超過；伊講：

「做這項，步步靠目睭，千針萬線，眞損啦，我看莫做了；蒼澤已經大了

——」

……

蒼澤上師範學校以後，吃、住都無需花費，等三年畢業，做二年兵，或者三年，不知抽到啥兵種，反正退伍以後，回來白水湖教書，她這身重擔，才算卸下。

這些時，她連外家也難得腳步到；她父親原本在街心開蔘藥行，也給人候脈、看診，這二年，年歲已高，回春堂全部交給兄長、阿嫂掌管。

她小學畢業彼年，母親還健在，費盡口舌，勉強說得她父親同意，繼續給她讀二年的家政科，到第三年，母親病重，家中、店內無不需要人手，她學業停止，每天侍奉母親湯藥。

處方是父親自己開的，大哥抓好以後，交由她煎，從三碗煮八分，四碗煮一碗，到後來的六碗煮一碗，她再不知，也臆得藥是愈下愈重。

半年過去。

母親也是沒起色，甚至才喝過，碗還未放，整個又噴、吐出來……

有幾個月，連著大半年，她是全身是藥汁，顧不得洗換，得先扶她母親坐、躺起來，或者擦拭、捺脊架背——可憐她母親到後來，別說喝藥，單是看她遠遠捧來，全身就開始顫起。

如此折磨二年，她已經十八歲：

世事漸知，又氣惱她父親有要無緊，……有一天，提起勇氣，與母親言道：

「阿爹眞是——吃他的藥，無啥起色，也不要緊送你看西醫！」

……

「聽說：鹽水港有二家大醫院，都是日本回來的醫生開的！」

她母親那時已瘦得只存一把骨頭，未等她把話講完，急急阻止道：

「妳到這個歲數，還這淺想？」

……

她把頭低下，不再言語。

她母親又說：

「妳想：我們家連你兄長在內，算是三代爲醫；……送我去病院，他的面子呢!?」

「面子？」

她當時顧不得有病的母親生氣，反問一句：「面子會比妻子的命重要？」

……

她母親長嘆一口氣：「我不知得怎講，才能說得妳明白，一百句作一句：妳總是少年未識世事！」

……

她母親，說一句，出一身汗，講到後來，一件上衣盡濕。

「總有一天，妳會明白：不止妻子的命，男人的面子，甚至比他自己的命更加要緊！」

……

「妳記得我這句話！」

……

她沒回應，一面替伊換衫，一面默默流淚，因爲看伊銷落一身軀肉，忍不住悶聲而哭；她母親反過來勸她：

「妳莫這款，阿卻，我看著，心內愈苦！古早人講：眞藥醫假病，眞病沒藥醫——現在想來，確實是眞理！」

……

伊不說還好，她本來止住了，聽到後來這句，差一點失聲大哭；

「目眶拭拭！莫給妳阿爹看到！」

……

「做人就是千般萬項，全得吞下，若不看破，活未過去。」

……

「我若有萬一，妳阿爹一定再娶——」

她去掩伊的嘴：

「妳莫講這話，妳會好起來！」

……

聽她這句，她母親流下兩行重淚：

「我是萬般不得已，沒講不行！我敢是自己會做得主!?」

……

她再說不出話，只有小聲哭；她母親又道：

「妳阿爹若再娶，妳得比這時更知輕、重，……得聽新姨的話！」

……

「目色放巧一些，要知死、活——」

她本來在哭，聽到後來，目矢、聲嗓齊出，反問伊：

「阿爹是按怎得再娶？一定再娶？一條街仔，頭走到尾，沒看到半個再嫁，爲啥男人死去，女人自然會守，牽手過身，男人趕緊就娶？」

……

她母親停一下，才說：

「妳還未嫁，有一些話，講也聽無，男人、女人，本來心、性不同，妳以後總會明白！」

……

「還有，日後你大哥娶妻，得與兄嫂和睦！一世父母，二世妗仔，兄嫂，大家做夥時間長，總是會見到，莫扯破面，免我掛累。」

……

母親所有交代的話，確實有幾句，是當時的她所未能理解的：

那二年：

爲著照顧方便，母女同床眠，父親有他自己的一間房，但，每隔三、五天，父親便來，叫她回房睡，那時，她什麼都不知，原以爲父親出自關心，也算輪夜照看！

誰知，每每如此，第二天，她母親就像半死的人一樣，面色慘白，下體沁血

……

伊本來就是婦科病症，她又懵懂不知，以爲只是月訊不調！

那年，母親四十一歲；到伊完全不能起床的最後那月日，她與她講：

「阿卻，我若早知，人生這苦，當初不該論婚嫁，行這條路——像我五個姑表妹，妳會記否？其中一個阿好姨……與我尙親，伊們姊妹，三個出家，二個帶髮修行；彼時若覺醒，就無今日的事！」

她問：

「妳講這，是啥意思？」

她母親嘆氣道：

「不行，強行！做人做到這個地步來，不是痛苦，敢是快活？」

……

「阿卻，妳知否？彼條路，我也有想過，總是放妳兄妹，我心無下落——」

……

聽到這裡來，她抱著伊大哭，一邊嚎，一邊說：

「妳不行死!!不行——」

她母親安慰她：

「無事啦！前回，阿好來，伊法號是妙還——伊才講三、二句，我的心事就放下！哎！我若早二年知曉這些，多好！」

……

「伊講：不行殺生，自殺亦是殺生，並未解脫，……若知自殺以後變怎樣，無人會走那條路！」

「伊怎樣講？」

「比如講：午時上吊，……每天時辰一到，八識心田變現，就得再照吊一次，一直做到人真正壽元本命盡，每日痛苦一次，算不來！」

量！」

二人講到這，她母親吐氣道：

「可嘆啊！我算無福抑是有福，到要死以前，才聽著這話——」

因爲妙還師的勸解，她母親到臨去時，反而出奇平靜；伊最後的一句話是：

「阿卻，人死，像龜剝殼——眞苦，眞痛!!」

……

果然——伊料的不錯，母親三月節過身，還未等到年底，後母就正式入門：芹姨是牛稠底人，只大她十三歲，白白的面容，正中央一只鼻仔特別小，看命的講是偏房相格；眉毛淡到看無，時常又勾畫得兩邊不一……

那年，昭和十年。

她已經十九歲，雖然讀日本書，一般的漢字也會認之，就在店裡幫大哥大小事項：

藥店的生意中等，主要是準備的事項耗時，像白芍要炒米糠，白朮得炒紅土，砂仁得加薑製……種種等等，粗工只請一人，其他內內、外外，盡是工作！

有一天：

她低頭整理藥櫃，大哥送藥出去，突然有人進來，說是：

「請照處方，抓三帖——」

……

一般白水湖人講話，攏是親呼、熱絡，這個人這般客氣、細聲……，敢是外地客？

她並未抬頭看他，只看藥方抓藥，一看，盡是：防風、荊芥、刈根、羌活之類，正想：

這個人，一定感冒了！

誰知對方也問：

「請教：這味藥，是治怎樣病症？」

她回說：

「是驅風寒、邪熱——」

說著，往下再看，還有桔梗、冬花、沙參、桑白，就又講：

「還加咳嗽的藥！」

「哦！眞多謝！」

……

那是她第一遍看到永昭！又直又正的鼻子，和一排大牙齒……她不敢看他兩眼

——

其實不是!?

結婚以後，永昭才講：眞正的第一次：是他十五歲，她十三歲，他弟弟永定發燒，大人叫他攜碗去「磨羚羊」，那日，生意好，她被叫出來湊腳、手。

「大哥取羚羊角出來和磨具，教妳和水磨汁……妳倒一碗白色的水給我，還找我三角銀——」

……

三帖藥之後，永昭又去過幾次，有時她大哥在，通常是她一人，一次買百合，二次買藥洗……慢慢，才對他有印象。

彼年，他二十二歲，台北師範畢業，在外地教過，才返白水湖公學校未久；她廿一歲時，大哥娶兄嫂，新娘是東石村的人，快腳快手，窄面、闊嘴，大目睭；是白水湖人一向形容：可以打過十八柴人陣的角色！

彼個夏季，因爲「支那事變」（註），連著二年內，眾人都傳說：台灣隨時有可能捲入戰爭！

……

在人心惶惶的時代，邱家正式請媒人來提親；第二年，她二十四歲，嫁給永昭。

支那事變：指蘆溝橋之役。

永昭的母親是助產士，時常大半夜出去，天光才入門，父親在鎮公所上班，偏偏早出去，晚回來……有一個小妹嫁到岸內，妹婿是製糖會社的職員。彼時，永定還在大阪讀醫專！

平常時：

永昭若去學校，大厝內只有她一人；婚後一年無事，公婆、丈夫，未曾有過半句重話。

原本以爲：自己大概就是這種日子，過它一生；怎知未久「太平洋戰爭」驟起，不只物資開始管制、配給，甚至傳說：

平均每三戶，就有一人被徵兵海外。

開始走空襲，更是魂飛魄散，防空壕挖在公學校與內樹林一帶，小學校也有三個，跑到的時陣，人顛倒不知要驚駭，因爲一路水雷聲，人已經被嚇到心肝無了了。

永昭常常講這句話：

「台灣人是去惹誰?清朝打敗，把它割給日本，……日本偷襲珍珠港，美國人生氣，日、夜來轟炸，這明明就是：給黑面的打，要找白面的討！」

……

萬幸的是：空襲那三、四年，白水湖並無大傷亡。

父老們講：

「諸天護佑，槍仔全落在水池內，連聲都無！」

她從廿六歲，閃避到廿九，……最後那一年，空襲根本無分日、夜，時常解除警報才完，緊急警報又響！

彼時——

她大著腹肚，走也不是，不走也不是；到順月前十數天，婆婆堅持她留在防空壕，由永昭陪著，兩老趁天黑回去弄吃的雜項；

食物在當時是十項欠九項，好在婆婆因爲替人斷臍、接生，人面闊，尤其靠大坵田那邊山作農的人家，總有米、豆一類的雜糧……

她做夢也未想到：在那種非常時，自己竟然吃的是：豆簽、麵線、卵包，和搵豆油的蕃薯葉！

她三、二天回家一遭，如此幾遍過，有一天，人才到門口，肚內開始抽痛，便與婆婆說：

「歐卡桑，等下若有水雷，我無意出門，在路上麻煩，在防空壕，我不敢——」

……

她婆婆是三十年經驗的產婆，當然知初產婦，尤其她這種個性的人，在人聚處的不自在：

「妳甚緊張，不是妳想的那樣！沒這快！」

……

永昭也說：

「妳無經驗，聽卡桑的，未有不對！」

「我，眞實不敢！防空壕，一堆人——」

……

話未講完，警報又起：

這時間，要走，不走，得當下決定——四個人，互相對看一下，父子、夫婦、婆媳，大家同時做一個決定！

全部留下陪她！

就這樣，她從黃昏，一直哀叫到半夜，說哀叫，其實並無，聲音只在咽喉，未出牙槽口！

自己的母親，也是經過這般疼痛，才生她的！

婆婆也是如此生永昭！

每個女人，都受過這款撕身、撕腹的苦，才做人母；哀哀無助，生死一線，阿好姨及早知曉出離，自己的母親並沒！

女人為情拖磨，受苦無數，卻又不知原因為何!?一代又一代，一世又一世，拖身搦命，難道就是阿好姨講的：「償他宿債」？

黑暗中，整個白水湖靜悄無人聲，不時有轟炸機飛過，一下在遠處，一下又像近在身邊……

她用牙齒輪流去咬每一隻手指頭，咬到後來牙槽痲了，手也痲了！

婆婆一面教她吐氣，一面安慰她：

「免驚！無事!!」

晚來：

家裡每個窗戶，都以黑布遮光，任何小小的光源，都不得洩漏……

她知：公公在前廳上香，永昭在灶下看火，燒水，婆婆點起小小的蠟燭，就在她身邊走動，她的鼻息，親切又熟悉——

「開二指半了，可不行太早生，伸手不見五指，連蠟條都不行點太久！」

「卡桑——」

她憂慮地問：「如果囝仔這時落土……，敢有要緊？」

她婆婆笑道：

「他這時生，我就做阿嬤了！」

「可是——」

「若能延到大清早，當然是最好的事！」

……

夏天的早晨，五點一過，天色漸光，人的眼睛才小小一點適應，還未準備好，它突然像一丸白色的什麼，快速的四處滲出，……沒二下，黑幕全收起，換一個清明天地在眼前。

蒼澤眞實聽阿嬤的話，在卯時的晨光，呱呱落地！

更無人能料，戰爭竟然在三天後，在最密佈的掃射與空襲之後結束！

做月時，她才知：婆婆早在半年前，就託山上人家養七、八隻雞，且在後院種一畦紅菜——

外家這邊，大哥也浸一罐藥酒加黑豆來，又磨一兩的杜仲粉——

母乳足，心情也好，小蒼澤長得很快；，她的公公身量不高，婆婆說是小時，吃太多人參的關係，綁住了！

永昭太祖那一代，還算富裕，聽說做祖父的，偶然出去買物，因不諳世故，也不會拒絕，更不知要找錢，常常錢拿出去，店裡就拉一車仔大、小項送來，有用、無用皆不管——生意人當然恨你不買！

似這般少爺行事，漸漸到他父親一輩，差不多只剩空殼了。

她婆婆常講這二句話：

「富戶人家的子弟，一出世，什麼沒學到，先學會用錢！」

「再大的產業，管它金山、銀山，若交到一個只知用錢的人的手裡，不敗，待如何？」

……

她的公公一向寡言，臉上是那種很寂寞，好像當看著太陽下山景致的那種表情！

獨獨抱著蒼澤時，人會變不同款樣相，是一個最快樂的人！

八、九月起，日本人陸續離開，白水湖人，有感傷，也有咒罵；受過迫害的人當然憤慨；但是，有一部分，卻是伊終生紹念的人……，那些教伊們讀書，明理的小學老師，像她同班的唯仁，就是山崎先生拿錢資助，繼續讀中學校的——

……

永昭的母親，大她二十歲，李鴻章去下關寫字的第二年出生，她們家姊妹本來全得縛腳，日本人一來，逐家、逐戶，一一去說，軟硬都有：

「不行綁腳喔!?」

「已經綁的，全得放開！」

「綁腳影響囡仔發育，父母眞忍心！今後，若偸綁，就掠父母去關！」

她婆婆常講：

「若無這款，我那有這雙腳，大街、小巷鑽，逐條路均走得穿過!?」

婆婆與她，愈來愈親近，每天去接生，回來，就說給她聽：

「做女人苦——叫天，叫地，產門開這大……，男人竟然嫌百餘日未同房，另找出路！」

「是娶細姨？」

「是啊！」

……

永昭阿公本來娶細姨，老來講一句話，交代子孫記住莫忘記，他講：

「砌厝，無閒一冬，娶某，沒閒一天……娶細姨，沒閒一世人!!」

「阿公老來知醒！」

「甚慢了！傷人的心免用刀……阿嬤一世人不快樂。」

「我厝裡，阿母也講：做女人苦！」

婆婆有一對長長的眼睛，她難得嘆氣，但每每說到這裡，便吐氣道：

「我一個日本老師，井上琉璃，伊教我接生課，她說：男人，其實就像蒲公英，只會把種子撒出去！」

……

「往往是女人，在承擔情愛的代價和後果；她教我們：受苦可以，但是不能不知道原因！」

婆婆講這些時，她都只有聽的份：

「講情愛，也未必全是，十個男人，有七個，他才不知情愛是何物，只是一種求偶期的行爲而已；講起來悲哀！」

……

她未想到，三十年接產生涯，婆婆早早把人生解析得這般透徹：

「就講眞正的情愛，也是牽絆人，也是陷阱，像妳，就給永昭和蒼澤綑住！」

……

「我不是同款？但經過這麼久，已經不同以往！」

她知曉：

看一堆婦人受苦罪，婆婆在長時間的感慨下，變化成無限悲憫。

伊又講：

「我七、八歲時，常追阿嬤去寺裡，聽經、念佛都有，一個很老的和尙師父看我一眼，說一句：情重，得女身；受苦，沒藥醫！」

「到三十歲以後，我有想過，是不是無情就免受苦，但照我看來，無情的人，並不是眞正看開，她是綁在另一種我執，有我，無人，自己一點利益，高過任何人的死活，那種人是受另一種苦！」

她當時無話。

「所以是一人苦一項，各人受各人的苦楚！」

婆媳二人的話，常常講到這裡。

雞年冬尾以後：

鎮上的人，漸漸聚來，海關、學校、鎮公所、分局、農會、漁會、鹽行，都增加不少自中國派來的大陸人。

本來她照顧幼囝，並沒注意外界四周的事，這些都是永昭講給家人聽的！

後來：

她自己也發覺，菜市內有不少生分面；一來，白水湖很少男人買菜，二來，白水湖，有的人吃肉，無的人莫吃，很少一買一大堆，先賒帳，等月初薪水發下再還的情形！

阿澤十一個月，會叫爸爸、阿公，再來是媽媽，阿嬤，阿姑，姑丈；最最歡喜的，當然是公公，到十四個月大，他可以完全放手，自己走路。

所有的記憶，往往只到這裡，再下去，她整個就停頓住了……

當時——

她連人都活不過去，像前面是一個窄門，只留極細小縫，她一定得擠過去，才能活著，但，事實上，她是一個死人，所不同的，她多一寸氣絲，但這寸氣絲，只維持她每日拖著身命而已，她眞像一個無魂活屍！只會走來走去。那種苦痛，沒經過的人，難得理解！

現在，想起來：

也不知彼時，她是怎樣回魂？可能是婆婆……更可能是阿澤！

蒼澤那年三歲；講三歲是台灣式的算法，事實上才十九個月大：是二月春分前——

天氣變化無常，那幾日，也不知爲啥，永昭根本不愛講話，空氣沈悶，人的心情也一樣沈重！永昭平時不是這樣，她感覺：他像換過一個人來，一坐二點鐘，無半句話，和他講啥，堪若大夢初醒！

彼天：

她半暝才起來替阿澤蓋被，到三、四點，一陣拍門聲，她若醒若睏，聽到二老去開門，然後三、四個穿深色衫褲的人，闖入房來——

……

他們講的話，她一句聽無；反正她看著永昭被前夾、後架的挾走。……

素卻其實不能想這件事，每遍想起：

她若像剝一層皮，全身起顫，沒辦法控制，血水還涔涔滲出，那種痛，不知誰知？而且有一丸大石頭窒住心頭，自己卻只像爆過小粒米香！

……

匆忙中，她找一件厚夾克給他，然後，她這世人沒再看到永昭！

她聽誰說：

海水是幾世代以來，所有有情生命，所流淌的目矢累積成——不止是人，牛仔被賣要牽走時，牛母，牛仔所流的，牛、羊被宰前所流的，狗聽妙還師頌經，也會流淚，所有的生靈，在生、離、死、別，所流的淚，早就成了那片海水！

「無量劫來，衆生已經流了這聚的目矢！」

妙還師來過一遭，這般苦勸，……伊的話，她擱在耳孔，有時入有時出，並不能眞正停住悲傷。

這些年，她所有的淚水，若集起來，可能也會淹倒她自己；而世間可以形容伊心情的，又是那一句？

……

一天過去，一個月過去；她們彼時還抱著希望，……然後春天過去！

輪到夏天，日頭出來也哭，月娘出來也哭……

一季過完，接下去是半年、一年；一年等無，兩年，再下去三年，四年，最可憐的就是完全沒望，而自己不知！

到後來，她慢慢覺醒：永昭大概無可能回來了！

她變做較少哭，但是全心意識還是在等這個人：活，見人，死，見屍！

總無這個理，好好一個人，自頭到尾，沒聲沒說，完全自這個世間消失！

最壞的打算，總會留一把骨頭給她。

……

蒼澤上小學的前一年：

白水湖遷來更加聚講中國話的大陸人，原先用的舊台幣，也改做新台幣，紙上印一個人頭，衆人攏將這項叫做：「孫中山」。

至此。

她的公公死心，不再四處探聽永昭的下落！

他瘦小的身軀，和緊緊閤閉的嘴，拖一雙大木屐……彄彄響，無論走到啥所在，每次都像踏在她的心肝頭！

可以想見：

像公公這款，扒一碗飯，只要三分鐘的急性人，遇著這種悶心、氣絕的事，他不得病，是要按怎呢？

前後才幾年，一個從來沒生苦、病痛的人，就直直倒下來！

過身以前，他叫她到跟前，交代這些話：

「他們衆人都說：我是鬱滯死的——妳說呢!?」

她安慰道：

「多桑——莫講這種話，阿澤當需要阿公牽教呢！」

「妳聽我講！以前，我是眞鬱滯……不過，現在不會了！」

……

「妳想看！他們在豬年殺人，殺的是無辜的人，到牛年、虎年，就失勢，走路……」

……

「像這款，妳敢說，天無天理!?」

……

彼時，他連吃食，湯藥都懨氣，偏偏出大氣力來講話。

「多桑，你人未快活，莫講這！」

「我就是揹甚久，才這款！阿卻，妳得記住，我這個心願，替我完成——」

「多桑——」

「好好照顧蒼澤，凡事自己保重！」

……

「無論發生啥大誌，好好活下去！……留兩個目睭，替我看！」

聽到這，她的心肝皆酸！

「白水湖人罵人，最重的一句話是：那種人，出無好子孫。」

……

「阿卻，妳要食到七老、八老，替我看詳細，這句話，有影無？」

公公病重時，永淑，永定，先後回來；永昭出事那年，永淑回家大半年，陪伊度過未得天光的日子！

永定和鶴美，她是第一次見面：

永定留西裝頭，鼻仔眞高，兩眼有神，掛圓目鏡……弟婦是台北郡人，二人阪醫同窗，看來眞匹配！

永定說起：

「日本戰後破敗，正打算回台灣之時，大哥發生的事故，多桑和我丈人，都寫信阻止我二人回來——」

鶴美也講：

「多桑和我爸爸寄去的信，都寫相同的意思：暫時莫動!!誰知那是熊是虎？」

她和婆婆都無話。

永定又說：

「大哥出事，我和鶴美沒回來，安慰二老，看顧阿嫂，實在不得已，很過意不去，有違人之常情，眞痛心！請原諒。……」

鶴美附聲道：

「是──眞未過心，眞不對！眞講未過去！眞失禮！」

婆婆安慰二人：

「未得過也過了，你二人免掛在心！」

永定卻說：

「我，好好一個阿兄，無留半句話，從此無矣，誰會甘願？」

鶴美道：

「大哥之事傳來，永定在日本，三日三夜，未吃未睏！」

婆婆嘆氣：

「抵著橫人，仙講也未直，若像你多桑，倒傷自己，何覓苦呢？」

……

「你自己做醫生，你多桑的病，你二人看，……怎樣？敢有央望？」

……

二人都無應答。停一下，永定才說：

「多桑自少年就這款，性地急，凡事鬱著不講，這件事這大，他那會堪之？」

「眞實不留半條路可行？」

「肝的問題較嚴重，較麻煩。」

……

「除非大哥又活過來，他有心病，二種交集，無人有法——」

……

講到後來，她哭，婆婆哭，鶴美哭，永定也流了眼淚，他說：

「當初，我離開白水湖去讀書，是希望學業完成，返來鄉里，一生到老，都看得到故鄉的海水！」

「孰知今日，無人逼我，我卻不願留著……爲什麼是這款呢？白水湖明明是我日夜思念的故鄉！」

「我住不下去……我沒辦法在這住下，在他們還未還我一個公道以前——」

……

公公過世，一直到百日以後，永定夫婦才依依不捨，回東京旅居！

臨走前，婆婆交代二人：

「底時，你才厭倦流浪，不管時返來，東京外鄉，總不能住一世人！」

永定道：

「我也不會講！其實誰不愛回來？……但是沒辦法！我的傷痕還未好！」

婆婆一時反而無話；素卻於是說：

「厝裡這大，你隨時也行開診所！」

「我知啦！阿嫂莫掛意——」

婆婆又想起：

「永定小時，愛耍的一粒陀螺，我還收著，一時想未起啥所在，等找到，就寄給你！」

……

夫妻走前，再三說是：

「等蒼澤長大，卡桑和阿嫂、永淑就相偕來日本住一陣。」

「想著，凝心，有一些事，莫想，也罷！也罷！」

……

永定走後，她母子就此與婆婆相依爲命；素卻常想：

若不是有這個婆婆，在經歷永昭事件以後，她不知有本事活著無？活著要多少勇氣，全是婆婆給她！

永定回日本，陸續又寄錢回來，婆婆交給她，她當然沒收的理：

「那是永定孝敬你的！」

婆婆講：「我這個藥箱，若揹得動，何必他養我！」

「子飼老母，天經地義！你有你無，他都得給你，並無過分！」

「他信裡有講；有一部分，要給蒼澤日後教育費用！」

「阿澤還早哩！」

「妳不知！以前，他在大阪，永昭若領月給，時常會寄給他！」

她道：

「這，也是份內事，兄弟至親。」

「現在，大哥無矣，他湊出力，也是應該！」

……

「妳莫和我推來推去，還分妳的，我的？妳暫時收著，我一日有半日不在厝，給妳穩當！」

……

公公過世那年，婆婆五十七歲，她三十七；以後她們每年給他做忌日……

自公公不在，伊開始晚來不出去，其實要和她做伴：

「我也有歲了！也行半退休，……白水湖現時也加三個少年助產士開業！三個全是我替伊斷臍，一轉眼，二十歲，護理學校畢業了！」

「是啦！卡桑半暝出去，我也煩惱，好天就好，若透風落雨，風颱天——」

……

婆婆接生的經驗多，甚至有難產者，伊能伸手進入，順利幫助產婦娩出，免送大醫院開刀！

「卡桑，這招厲害！」

「手要眞小，一個勢，得加經驗！若是難產變順事，大家都歡喜！」

「這麼多人，你印象最深的，是啥？」

「我獨獨最生氣，有一個人，生一個十一娘仔！」

「你是講：生十一個查某囡仔？」

「是啊——」

「生這聚，按怎飼飽？」

「伊居然講：還要繼續，若無後生出面，她不煞，他也不煞——」

連她都聽得楞住了！

「這種人，妳要氣死乎伊？」

「眞實是一樣米，百樣人。」

自嫁給永昭以後，尤其這幾年，她愈看婆婆愈愛；伊那種凡事未亂心，做事、行踏的款式，可能是先天父母生就，也可能是接生久來，訓練出來……伊的圓面上，任誰都看無伊內底的憂愁。

單單在公公做忌時，她祭拜完，香一插，放聲一慟時，才是驚天動地！

她一哭，素卻才知：

伊不是沒目矢，伊是全貯存起來，到時，像放大水閘，一捆放掉：

「他若病死，我才蔑哭!!」

她講這些，素卻會鼻酸！

「他是好好一個人，硬拗斷的!!」

若講到這裡來，她就陪著哭！

一冬一冬過，永昭絕無音訊，她們有幾摞（註）年，沒去臆永昭的任何下落——到第十三年開始，公公做忌時，二人參詳，也擺一張他的相片在廳頭：她現在不行聽伊哭永昭；第一次，聽伊唸：

本曾央你長流水；

誰知溪水倒頭流！

時，她整個人就死死、昏昏去——

摞：ㄌㄨㄛˋ，堆在一起。

4.

水龍半暝三點就出門來：

白水湖通庄還黯嘜嘜；做這項頭路，像在做賊，攏在透暝摸黑暗坑！

他今年五十六、七，自少年開始，已經摸三、四十年足；二、三點出來；以前踩鐵馬，這些年，也買「我多邁」（機車）騎出庄頭，沿水圳、過橋，小彎一下就到豬灶——

他和青龍、金龍，三個叔伯兄弟合營一位肉攤，是父叔輩手頭放下來！

今天，輪到青龍他們當值，二人先去約好的客戶厝裡掠豬。

聽講：

今日這隻，三百餘斤重，他們二人和那些少年的，湊的人手，還不知稱有法否？

前個月，他和青龍就掠一隻即要三百斤的，二人稱不行，連捆都拚得一身汗，豬也氣，人也氣！

說來也奇怪，以前三兄弟跟老爸、阿叔，三口灶分賣一隻，一家負責三、四十斤，以前的豬沒飼歐羅肥，較結、較瘦身……但是飼年餘，是實額的重，他三人時常賣得直要凸腸頭！

少年時，當勇，二十歲彼陣，老爸和他分載一些，一四界去叫賣，連大寮，牛稠底、蚵仔寮、牛挑灣都走透透；他那個柴耙（註）就是去那拐來的！

……

現在年冬不同，從他四十一、二歲開始，若慢來，就滿台，到十一點，連豬油都不一定有，落空手的人，有時還會罵：

「騙誰？是買肉免錢麼？」

「免錢！得『孫中山』！」

「抑是監囚的，用搶的？」

……

柴耙：粗掃帚，農器。台灣俚俗語稱自己妻子。

因爲這款，三龍店這些年，逐日增加殺屠，一庄內飼豬的人都飼未赴他們掠，兄弟就分頭去別的村、莊，三天二頭闖——

若是三看、四看，未夠重，就嫌道：

「阿婆，你是有給豬吃否？」

阿婆講：

「那會無？一日照三頓，堪若伏侍祖公！」

「甚慢啦！飼到底時大？人家別口灶，都用風筒灌的！」

「有影無？你這隻猴齊天，莫來騙我！」

……

一暝、二暝，一冬、二冬，這一、二十年，經過他手的豬隻，未計的數，他也宰得面青面烏！

三、四點時，人們通常當休息，睏著，連諸天神祇也收聲斂氣；所有日時的爭鬥、算計，暫且擋住停止。

這個時，白水湖美麗的夜空，偏被豬隻淒慘，尖到割耳的哀叫聲劃破——

記掛人世苦難的諸天往下看來：

那是一個殺戮戰場，人和豬，強與弱的搏命、廝殺；人在做啥，其實他自己也不知！

……

水龍一路騎，嘴內亂哼：

竹筍離土寸寸柯，
移山倒海樊梨花；
有情阿娘就給娶，
不倘乎伊落煙花。

……

他這下唱著，一閃失，撞著路邊一塊大石頭，人差點倒栽……

「駛你祖公，連你也來做對頭！」

……

石頭未應，他繼續又騎：

這二、三月日，他隔二日就去枕鳳閣找阿采，本來狗兄狗弟一群人，誰都知那個所在未認得眞，也不知阿采一堆步數，他這個老劍仙，竟然神魂無了了！

枕鳳閣在後菜寮，自白水湖騎車要十五分，他都揀下晡（註）時溜去，日頭黃昏才回來！

不知眞實老就剝無土豆，這陣仔透早、透晚，一躺下就若死人，全身軟剿剿……

二人當好時，他也想過租一間厝，和伊做久長的，但是三呑四呑，看到厝裡的柴耙，就無主意！

最近，阿釆開始亂他，一定得正式入他戶口，講一醃缸理由：就是要入門！

他厝，還有一個老祖嬤，今年九十歲，他自小無懼半人，只聽伊的話……昨兒早，他豬灶回來，未去市場，反正福來、福氣在——

他去伊的佛堂，老祖嬤這十年來，只是念佛，世事不管！

「老祖嬤——」

……

老人只顧念佛，並無睬他！

「……老祖嬤！」

晡：ㄅㄨ，午後申時。《淮南子‧天文訓》：日至於悲谷，是謂晡時。

老人睇目看他：

「啥大誌？」

……

這下輪到他無聲，一時未曉講！

「你莫吵我，你們來，攏無正經的！」

伊一講，他的話就吞落腹去！

「總是——我無你的法！」

……

「若想娶細姨，橫直一句話，那是前世冤仇人，來抽你的骨髓!!」

……

水龍到時，灶上的水即要滾了，大大、小小一袋仔豬刀排著，豬隻捆作一團，圓滾滾，還在放血，血像水一樣，一直流入桶內，已經大半桶……豬隻有時哼叫二聲，有時乾脆目睭闔住，不看他們，若像曉得，免對身邊這些人，抱啥希望！

……

金龍看到他，大聲就罵：

「幾點了?天都光了，你敢不是給魔神仔拖去!!」

青龍插嘴道：

「人去找相好的啦！」

「我才沒這閒！」

水龍趕緊分辯，一面自己罵：「——駛伊娘，車輪破風，用牽的，到阿發的店，才挖他起來補！」

衆人靜靜聽他說下去：

「阿發仔，慢步香，補一個內胎不知影久，你要摔頭否？」

「你莫聽他——」

青龍反拍他的肩胛：「愛，做你去；人在吃大麵，他在呼燒！」

「免講啦！昨方才給老祖嬷撻！」

「老祖嬷那有氣力？」

「用嘴免用筆；也好，撻過就淸醒！」

……

二人說過，水龍一面找大、小號刀，才看到裡面還有一隻，血已放盡，已經在燙毛；福進、福來在一邊翻著豬身，一邊說：

「福氣，柴莫添了，一層皮要落囉！」

……

三兄弟生五個後生，少年的一代，平均二十餘歲，全部接收老爸這途——

水龍又問：

「今日，那會兩隻？」

金龍大聲道：

「你是睏醒未？林土水今日娶媳婦，透早得拜天公，你摸東摸西，等下若誤人的事！看得怎樣和人講？」

福進也插嘴講：

「還有王阿萬要辦桌，吩咐六十斤上肉，豬腹內全副！」

青龍接下說：

「阿萬仔四十五囉，聽說：娶一個細姨二七、八……會無閒死！」

水龍一時無語，繼續分割豬身：

豬現在當然沒聲，隨在他操刀；他最近愈來愈驚聽豬叫，也不知怎樣，豬哀最大聲，最尖的二遍，一次在人欲把牠掠住，捆離豬槽時，一遍是在豬灶，捆綁到未得動，選一支上頂利刀，對準頭連身的大條脈刺下的一時間，豬隻是用所有的氣力在哀。

一時，兄弟、父子，各自做事，到天色將白，屠體已弄妥當，水龍開著小卡車，侄兒等人，也將豬體搬上。

「我先把這兩家的送到，再回市場！福氣、福來，你二人相載，騎我的車回去。」

水龍一一交代，便踩著油門直駛，透早沒啥人，三彎、五拐就到林家：大門口站二個人，一個頷頸伸這長，看到他，一面放心，一面著急：

「來了！來了！天公祖，我們是選好吉時的，不行耽誤著！」

「我知！我知！」

水龍應著，一邊快手合搬下豬公到門口埕，收錢後，臨走，看到新郎，那隻嘴也沒閒著：

「恭喜哦！少年的！今日——你得，透早無閒到半暝哦！」

做新郎的那人，嘴角微笑著，沒有回應。

出林家來，水龍的心情開始輕鬆：阿萬訂的貨，沒這趕，六、七點交他，還眞早哩！

「這老小子，娶啥細姨！老牛車罔拖，……無大誌！」

自己講，自己笑起來！

稻仔大肚驚風颱，

阿娘仔大肚驚人知——

……

下面的歌詞，他有些忘記，反正唱來唱去，就這一句！

他一面亂哼，沒多久就到王家，一入門，一個長天井，他站著就呼：

「阿萬，人客來了！」

……

灶下間走二個人出來，隨他到門外，搬好大、小項物，又付他錢賬，正數算著，開雜貨店的其全也送菸、酒、汽水到，二人打過招呼，王阿萬才自內房出來：

「坐一會，飲一杯茶！」

「不好攪擾——」

二人雙雙推辭，阿萬直送到門口，二人又弄著大拇公向他，一面笑而不語；

阿萬自嘲道：

「我也是沒法之法，我這是六出祁山——拖老命！」

……

三人笑過分手。水龍走回車上，一面發車，心內只想：

哼！雙頭抽，才不信你鐵打的龍柱!?看你擋到底時做勇伯?……你得不管時——英雄好漢給我看!!

水龍一路開車來市場，心裡也著實不平，車停好，一回架位，一堆人圍作一球，趕緊問道：

「啥新聞？啥新聞？」

賣菜的錦菊看到他，說是：

「你聽看！白水湖開天地到這時，還未聽過誰人這款心行、腹腸！」

另外的婦人，也一人一句：

「生這款，就有夠可憐，還糟蹋伊，這種人這惡質！這可惱！」

「格沒天良，雷公仔點心——」

「問伊敢問會出是誰？」

「一個愣神，愣神，衫都穿顛倒頭！」

……

「一年通天，無洗無澄，一身黑漬漬，穿是不情不狀，…這個人敢是豬哥變的，什麼都好？」

水龍一聽，就知在講石榴：

石榴先天不足，父死母不知去處，留伊一人，輪流跟二個叔仔住，嬸仔們待伊未親，一頓有一頓無，衫褲不成衫褲，四季不分，薄罩厚，春天混夏天。

一頭面的頭鬃打結虯，未注意，女、男不分，……若有熱心婦人家見著，拉她入室，替伊洗面，淨衣，頭鬃剪短，有時伊隨意順從，有時也倔強，不依——

……

整個白水湖，也無人知，石榴的事，從前，到底是誰人造成，現在應該又由誰去管？

「現在問題大了，看伊那個腹肚，至少八、九個月！」

「唉，平時就是男掛、女掛亂穿，才會看未出！」

「愈想愈可惱，這種惡行，分明是和所有的白水湖人做對頭冤家!!」

「若知是誰，一人一嘴涎，給淹死！」

「對！還得叫他透暝搬走，不給他等到天光！」

……

衆人一嘴一舌，正在講，突然有人大聲罵：

「那有這便宜，若知是誰，我就跟水龍借那隻宰豬刀，二下手把它閹掉！」

衆婦人掩口而笑，一看正是閹豬順，他一面講，一面比：

「我看他還會做孽，還會暢否？」

……

水龍聽到這兒,那肯放過,正在大笑,抬頭一看,自己牽手也趕來湊鬧熱（註），

鬧熱：謂繁盛之景狀。白居易詩：紅塵鬧熱白雲冷。

於是眉毛打結，問道：

「妳來做啥？」

眾人也說：

「水龍嫂，妳平時不來，水龍仔已經爬上天囉！誰叫妳不逐日來？」

婦人笑說：

「我那有他的法？我是和產婆姆仔搊石榴去伊厝！」

「後來呢？」

「本來是要檢查一下，那知走到半路頭，還未到門口——」

「怎樣呢？」

「你臆看!?」

「誰會知呢？」

「仙臆也未著，石榴走到門口埕，就站著不動，然後，一隻囝仔腳伸出來！」

「眞驚人！那不是顛倒生？不是頭先出來才對？這款眞危險！」

「產婆姆說是胎位不正；也不知眞實天公較疼伊，也未哀未叫！」

「未哀不一定蔑（註）痛……後來呢？」

蔑：ㄇㄧㄝˋ，無也。《詩經．大雅》：喪亂蔑資。《左傳》：蔑不濟矣。

「石榴自己伸手一揪，把一個紅嬰兒倒吊提在手裡，血還涔涔滴……」

眾婦人聽說，都嘖嘖稱奇：

「像這款無人看顧的，也是有伊的法度（註），所以講，眞眞正正——天生、地養！」

「妳一講，我才想著，前二日，聽江瑤珠講起：台南有一個富戶，一口灶全醫生，老爸、後生、叔仔、伯仔、舅仔、妗仔、媳婦、子婿……單生一個女兒，本身也是醫生；更加冤枉，居然生產時，血不知流去啥所在，我忘記，反正就去找伊祖公吃紅龜！」

眾人聽得楞楞的；

「妳講命，誰比伊命較好？誰比石榴無三二……妳勸按怎講？」

「若由妳揀，妳要出世做誰？」

「我攏不愛——」

「是有人看到學校的工友，拿糕仔餅給伊，他單身一個，當然有人會亂臆……」

法度：規律。準則。《尙書》：罔失法度。《論語》：謹權量，審法度。

「但是沒看到，那有算？」

……

石榴這項大誌，經過半年餘，慢慢才平下，衆人看伊有時抱嬰仔，一四界走，有時嬰仔掆著，自己胡亂去，一暝一日才回來。

這段時間，伊住在產婆英厝內；她們婆媳二人，一直熱心看顧，這對無依母子。

這日。

菜市場來一個出家人，水龍還未看出是誰，就聽一堆婦人私語：

「……這不是米店的大女兒？」

「伊厝五個女兒，不是全去寺裡！這個敢是俗名阿好？也老了，六十有了!?」

「人的法號妙還，得稱師父，不可黑白叫！」

……

出家的師父，在經過水龍的肉砧前，忽然念出一些話來：

衆人吃肉說好食；
不知它是爹抑娘；
若有天眼乎你看，

伸手欲挾縮回頭。

眾人一聽，有人失色，一時無措；有人慚愧念佛，也有人生氣就罵……

……

正亂時，石榴抹著厚粉走來；出家人見到伊，走到面前，說一句：

「妳這苦，底時了??」

……

石榴平日是無聲無說，不言不語，任誰講話全不應，今日不知何故，看一下師父，哭倒於地。

伊這一哭，無天無地，未得收拾；自出世以來，所有的屈辱和心酸，都自咽喉出來——

看她哭穿肚腸，眾人也是目矢流盡；有人感慨人生無常，有人怨嘆夫婿不顧家，有人想著夫死子小……

過往、眼前，個個有自家的傷心大誌，一時欷聲無停，……連水龍亦是楞住無話。

過了好一會，眾婦人才合力牽起石榴，也有人講伊的前後詳細，妙還師嘆聲：

「來時糊塗去時悲，空到人間走一回——」

……

說完，摸一下石榴的頭，起步要走，石榴忽然抱住她的雙腳，手揪袈裟，開聲就嗚：

「師父——」

……

這些年，無人聽過石榴開口講話；不論阿嬸的責罵、遊童的捉弄，……愈是沈重，愈無半句。

「妳起來！」

「起來！」

……

衆人一人一句，石榴放開手，頭頓如拜；衆人又說伊：

「一隻金嘴，也不開口，誰知妳的意？」

「妳不行爲難師父！」

……

妙還師看伊形狀，問道：

「妳是想去寺裡？」

……

石榴又是一陣點頭無停；

妙還師道：

「去去，來來，總是生死；無來無去，才無大誌，也罷！」

……

石榴一聽，轉作歡喜，趕緊站起，全心跟遻，一步無離，深怕師父無矣。

那日黃昏。

水龍衆人看妙還師與石榴二人離開白水湖，心上一塊石頭總算放下；伊留的幼兒，大家商量，就交伊一房膝下無子的遠親扶養。

……

又過半個餘月：

水龍倒在床上，哼哼、哎哎；自石榴離開那晚踣（註）倒，到現在腳還腫呢！也去接骨，也抹石膏，千方百計，這隻腳就是使性不好。

平常，他是七、八點睏，二、三點起床，這一陣，未坐未走，一個人直直倒著，連翻身、放尿等等，全得他牽手！

踣：ㄅㄛˊ，跌倒。《呂氏春秋·行論》：將欲踣之，必高舉之。

「駛伊祖媽！這身骨頭硬要崩去！」

他牽手就講：

「連生苦病痛，一隻嘴也不較收著，這無閒，驚人不知你嘴壞？」

「到明兒早，就二十天了，也不知底時會好……伊娘，醫生是單單知勱（註）收錢是否？」

「像你心狂火熱，莫發炎就眞好——」

……

水龍一時停住無話：

這些時，他日睏、暝睏，醒來就吃，腸滿就放……，他自己詳細一想，自己笑道：

「這款式，還和豬平般樣哩！」

他牽手也說：

「是喔！無相笑的！牠也沒笑你，你也莫笑牠！」

……

勱：ㄇㄞˋ，勉力。《尚書》：用勱相我國家。

有時他睏未落息，東想西想，翻來覆去，這二日，他自己小可會翻身，得用手托牛天，慢慢來，老柴耙若睏，他是畏叫伊：

眞奇哩！想來想去，攏是豬的大誌：

少年十五、六時，第一次跟大人去掠豬，兩眼睇未開，四邊無火無電，時常踏著「烏金」——

到二十二、三，第一遍擔當大誌，豬明明綑在後座，……早前，去七區的路草特別壞，七顚八顚，也不知底時，一隻豬一、二百斤摔落半路上，他居然不知不覺，繼續騎到豬灶去！

衆人刀磨好，水當滾，看他落空車來，那有不罵：

「你是柴頭?!豬無矣還不知!!」

「吃什麼飯的，我看那隻豬比你較巧！」

「我看，豬若會踏車，換牠載你去賣！」

「自生耳孔，還沒聽人講過，也有載豬載到豬走矣，人還在踏車的！」

……

當他小聲說：

「我回頭去找看——」

老爸、叔仔都罵：

「你若找有，那隻豬也和你同款——」

「是啦！你趕緊!!牠還在路頭等你哩！」

「憨到有地找!!」

……

當他滿身重汗，回到原路時，那隻豬已經掙脫綑縛，在那裡走來走去——

四邊是塭仔寮，他臆：

第一，牠可能無地去！路草沒熟……

第二，牠未分得東、西、南、北、向——

第三，牠不忍心，知曉牠若走，他就慘！

第四，牠不閃避，要面對自己的命運！

第五，牠要度他，牠這有義，他若不忍宰牠，有可能離開這途，不做屠夫——

……

那晚，他和那隻豬，在塭仔墘路，相相半點鐘久，是載牠重回豬灶，也是放牠逃生？牠路頭生疏……去那裡好呢？

還是：他反正回去，無好吃、睏，抑是牠和他二個，相偕逃命，流浪天涯，不知得到那裡，才找有一個無宰豬，吃牛的所在!?

他想來想去，未曉之，伸手捶豬罵牠：

「沒大沒誌，誰叫你出這個難題給我！」

……

豬悶哼一聲；他又說：

「也不知你害我，抑是我害你！」

豬還是不應。

當心亂無主，他老爸騎車一路找來，看到他，罵道：

「天即要光了，央你會壞事！」

……

他無講話，看他老爸動手捆豬，不敢閒著，也近前幫他，心想：

算我欠你一介——

豬哼哼二聲，一副前途茫茫的表情！

拜託你後出世莫做豬！

……

彼日，全白水湖，沒人買到豬肉；父子二人來到豬灶已經五—六點，就此罷休，一直到隔天——

這些時，水龍也夢見豬叫聲：第一遍宰豬，頭、身相連的大條脈一時搜無，豬叫愈慌，……身旁是父、叔的喝斥聲，他眞是進無路，退無步，倉皇刺一刀，豬若著痎（註①）相同，吱叫一聲！

他自彼時就知：

做人和做豬，攏無快活!!

像他這半年來，不時被豬叫聲驚醒，宰三十餘年的屠夫，竟然一身沁汗——

他的柴耙，十餘日前，就若有若無，前前後後，唸給他聽：

「我時常夢見一堆豬頭，吊在厝內壁頂，豬仔目睇這大——！」

看他無回應，接下又問：

「水龍仔，……你有想——」

他沒好聲問：

「想啥？我是眞想喔!!看會像金策仔、銀川仔，還是王阿萬—我想一堆咧！想到半暝未睏之！」

一講這，伊就澹（註②）矣！

他又講：

①痎：ㄐㄧㄝ，二日一發瘧。《素問》：夏傷於暑，秋爲痎瘧。

②澹：ㄉㄢˋ，安靜也。《老子》：澹兮其若海。

「不止想呢！我還眞暍（註）呢──暍死!!敢會就有？」

伊半氣半委屈，說：

「和你講有的，你講一四散──攏無的！」

……

「是講趁早……看勸改途否？」

他若聽這二字，眉毛本來橫的，就變作直的：

「駛伊娘，改途？伊爸近四就未攝了！變無步數!!妳今日才知?!」

她沒應聲，他又講：

「妳若嫌，重嫁不會?!」

……

自彼遍以後，伊不講，他也不講；但這一倒，頭前，後尾，大小事皆來：

先是金龍車仔撞著人，賠人錢財，自己賺皮肉疼，然後，青龍切一隻指頭仔下來！再來是福氣、福進，「我多邁」騎到塭仔底。

但，這些還未要緊，他眞正驚駭的是：最近，他發覺自己搤刀時，手顫未停！

暍：ㄏㄜˋ，中暑之病。見《說文》。比喻渴望。

這話，他還未和任何人提起，……

水龍愈想心愈亂，突然大聲一句：

「我全身骨頭皆生銑！醫生是講底時才會好?!哎唷，俺娘——」

他牽手聽入耳，就說：

「翻身就慢慢、款款來!拗著是才哀爸叫母！」

他哼道：

「妳講這輕鬆，換妳來倒看——」

婦人應他：

「若能換之，替你也沒啥，敢能換得?!」

……

見他不言，婦人又說：

「你就是火灰性，趕緊做啥?你沒去豬灶，白水湖照常有人賣豬肉！」

水龍還是沒話句。

「你沒聽人講，死了，江山換別人——身體上要緊，逐項攏假的！」

若是以往，牽手苦勸他，他就大小聲：

「駛伊祖媽，我是妳翁婿?抑是妳子?得聽妳教示?」

但是這遍，他竟然只說：

「講好也未？」

他一講，婦人就無出聲。

「查某人，有夠囉唆!!想勸去廟裡抽一支籤，得聽妳一米籮仔話！」

……

六、七天過——

水龍夫婦相偕來關帝宮；水龍走路還未順勢，但他那裡肯等？

宮裡祀奉的關夫子神像，聽說：是柯氏不知幾代祖，在清朝時，自山西一路揹來的……無論怎樣艱難日子，甚至戰爭、空襲當時，老阿祖每天一定敬備淨香末，甚至自己餓肚沒吃：

二人各自上香跪拜，各人也呿呿、呲呲，嘴內唸了一堆，忙亂半天，總是抽到籤來：

二人這一對，兩支籤竟然同號！水龍雖然讀了幾年公學校，時有缺席、請假，但是，這支籤文，他分明看知：

千百年來碗裡羹，
冤深似海恨難平；
欲問世間刀兵劫，
但聽屠門夜半聲。

5.

蒼澤二十二歲那年回白水湖，轉眼一年過了！

每天，他踩著腳踏車來去，先經過回春堂，若看到大舅，阿妗就點頭爲禮。接著是鐘錶行、布莊、銀行、混沌館招牌沒了，但他認得舊址！

再下去是腳踏車店、銀樓、米店、菜場出入口、打鐵店、五金行、里長辦公處、西藥店，……然後是翁記一長排店面，再下去是春枝的家——

每天經過，他腦裡想的是：停下來等春枝，看她自那扇厚門出來！

但他不能！他的腳會繼續踩車：

再下去是電力公司白水湖分處，西裝社、牙科，……和空癲有雄的家。

有雄爲什麼反形？白水湖有不少傳說：有人講他臬心沒娶、有人講他佔人家財，有人講是詛咒自受。

蒼澤自小對所有七嘴八舌的話沒興趣，也沒認眞去聽！他只知大洋樓下，有一個眼睛如銅鈴般大的人，每日早、晚，站在那兒胡言亂語——

他一下像和人吵嘴、相罵，未久，又像是與人說話，平常不過！

他的聲調忽快、忽慢，不變的是那種表情，眞像不放在心上，隨便講二句，講的是別人家內事……而他跳脫在外！

與人不同的是：他若像二個人合成一處；不管嘴內講得多快，似與人爭辯，他的眼神內並無在意，反倒像另外一人，在聽厝邊講話時那種不經心，無關聯。

……

那是八、九歲時，一堆同學，好奇去看「空癲雄」的印象。

這三、五年來，不論他是當兵放假回來，或是像現在每天上班的路途，蒼澤所看到的，還是有雄一式的面部表情！

蒼澤想過：

這個人是經過怎樣的人生，受啥刺激，會變做這款模樣？

一個男人，竟然風雨無阻，站在高大洋房的騎樓下，一、二十年來，一直用相同的面目、表情……他是要表達什麼？

每天他騎車過，看他一遍；下午他回家來，又看一遍……過一段時間之後，他慢慢有了心得：

他發覺有雄其實是在解釋什麼，不厭其煩，要將什麼意思講淸楚——並無高、低音。

他的嘴唇不停在動，黯紅帶白的舌，有時會露出來，他一直保持相同的音量，

……

大洋房再過去是鎭公所、戲園、客棧，和客運站牌……然後出莊外：莊外的路途分二，一條往埔仔厝、義竹方面，一條是去白水湖國小，直去就是網寮，東石。

即將到學校時，他遠遠看到春枝的背影，排隊上學的學生，看到二人，親呼叫著：

「春枝老師早！」

「蒼澤老師早！」

……

春枝聞聲，側過臉，微笑與他點頭，人並未停下；校門前一堆人，老師、學生、糾察隊……他略轉車向，避免挨撞，再看時，春枝已無影跡！

這些年來，也不知她在躲避他，還是他在掩藏自己，反正前前、後後，二人已經微妙好久：

春枝小他二歲，圓滿的臉上，有幾粒青春痘，杏形的眼睛，黑白分明；她穿著

白衫，細花的四片裙，撐一把日本網傘，騎著新式女車；

無論遠、近看到，蒼澤都能感覺自己的心跳！

……

春枝因爲是校長的女兒，大概是這個原因，反而沒什麼朋友，一般同事都與她保持在某種距離。

蒼澤倒是小學時就看過她，奇圓的一張臉，看過以後，很難忘掉！

中學以後，春枝因爲提早入學的緣故，只差他一屆；二人同樣趕六點的早班車去新營……差不多每天都會看到！無論車班多擠，她常是自己站立，把位置讓給老婦、阿婆。

到讀師範時，他住男舍，她住女舍。在南師那段期間，二人都是合唱團成員，相遇的機會更多，他還幫她買過好幾次回白水湖的火車票——

……

六十年代，純情的台灣少年，他們思慕的情懷，一直是藏在內心最底層、最幽微的角落！

到畢業前一個月，他集滿有生以來所有的勇氣，邀她看電影，他記得自己排了大半天，買著二張西洋音樂片，票拿到手，插翅一樣，飛到女舍；傳話的人進去後，春枝蒼白著臉，扶牆出來：

他一緊張，看她又是這樣，想好的話，差些全吞回去：

「妳怎樣了？」

春枝勉強笑道：

「昨晚淋著雨，大概感冒了，……剛才量過體溫三十九·二度。」

……

他一聽，開始去想：人生中美好的事，是不是都得經歷磨難？

春枝又問：

「有事嗎!?」

「是——個音樂片，大家都說好看！」

春枝靜默聽他講下去；

「本來想請妳一起——」

春枝婉轉道：

「不急嘛！映期還很久！」

……

蒼澤從小對挫折特別敏感，可能跟他成長的環境有關；他自三歲以後，再沒看過父親，家裡只掛著他的相片，對一個孩子，相片太冰冷——

他知：春枝並不是拒絕，但對他這般性向和累積多久才有的勇氣，這個結論，自任何角度，都是悶心一擊！

如此延挨，直到畢業離開台南，他都沒再嘗試。

當兵時，他在中埔鄉，鄰近白河鎮的一個小村落——竹門：白水湖儘管樸素，也自有她另一番風情，他想都沒想過，天底下，會有這樣一個地方，徹頭徹尾的沒有遮掩：每戶每家，都是柴門竹扉，不上一點顏色。

整個市集，從早到晚，沒看到車輛，新營客運只停在老遠的庄口外，不駛進來，派出所的警察，鎮日無事坐著，……一條路，頭走到尾，竟是雞和老牛，跟在身後！

軍營就跟畦畦稻田為鄰，他們有時幫附近農家割稻，閒來種菜蔬和一些茭白筍。

他在那裡想過春枝……小小的竹門，滿佈他的相思！

同連有個弟兄，叫陳明輝，嗓門奇大，講話聲音不論遠、近，都會以為他和別人吵嘴，大家因此叫他「火雞」。

「火雞」有個女朋友，每二個星期，就從台北跑去與他會面……

在靜無人語時，他想過春枝，當「火雞」的女友來探班時，他竟然也想：春枝要是也來看他……該有多好！

這樣幾次，硬熬相思不過，苦苦等到大假期，跑回白水湖！

春枝的家庭背景，即使放假回家，也不輕易出門；三樓洋房居中，前、後院深而且長……也不知她住那個房?!

他大馬路繞著小巷弄，來來，回回，走了三、四圈，頭皮已經起痲：

他只看到春枝的大伯，圓滾滾一個肚腹，皮帶若像繫不住，站在隔壁樓下派車、指使……

有可能，他家的貨運司機和工人，比他更常看到春枝！

再走下去，他自己都要臉紅……從小路拐出大街，沒二步，他又看到「空癲有雄」站在那裡，喃喃自語，逕是一式的表情。

他不知，有雄少年時，曾否經過他這番情境?又是被怎樣的事，逼到現在的路來?甚至他能保持多久眼睛似一人，嘴唇又代表另外一人的不相干神態！

……

第一年在竹門，就這樣過去；他後來提起筆，連信封都寫好，並未寄出，只要想到：春枝學校的教官都要查信，加上自己父親的關係，懂事以來，他的所謂「安全資料」「人事記載」都與人殊異，……，連他二叔這些年自日本寄回的家書，都不知被誰先看夠，也研究透，才輪到他們手上……。

他實在厭煩透頂這種整個被解剖的方式，也因此，再多的話，如果表達方式不可預期，到後來他就自己吞了——

……

第二年。

他清楚春枝已經畢業回白水湖任教，就在元旦寄出一張賀卡：

翁春枝老師：

新年快樂！

邱蒼澤鞠躬

剛寄出時，他有些忐忑不安，還夾著一點興奮，一個星期沒消息，他開始心被堵住似的不自在……一個月後，他終於把它慢慢放開。

這期間，他看了老、莊的書和心理學一類的，苦悶的心情，暫被稀釋。但，眞實的答案在那裡?!

第四十天，出乎他意料，春枝的回信偏偏來了：

學長：

以前在台南，常承幫助，甚感激。

我回白水湖國小已半年，教二年級，學校之前放寒假，我今日才看到賀卡。

也祝
新年快樂！

翁春枝　敬上

……

他眞實不知人生會有這種轉折變化，從希望、失望到幾乎絕想斷念！現在——一封信，又如她的名字，滿佈生機。

那時正是三月，距離他退伍的日子，不到一百天。

回來後，他先去白水湖國小報到，也看了教導主任和校長。

春枝其實有些像父親：圓鼻和嘴形，可是表情完全不同，一個看來親切，一個卻感覺他威嚴十足！

去時，他想過，是有可能碰到她……回來途中才慢慢想過來：

現在放暑假，學校只有行政人員上半天班；春枝自然是不會來！

回家後，阿嬤和母親正等他吃飯，二人弄了一桌子菜……

他母親說：

「阿澤離家五年，阿嬤今天最歡喜！」

阿嬤也說：

「現在不流行找媒人，阿澤自己有無愜意的女子？」

……

「若有，帶回來，阿嬤看一下！」

當時，他不知如何應答……

他母親則說：

「初入社會，人生沒經驗，慢慢來，阿澤沒緊張，換阿嬤緊張！」

回來這一年，他遇過她無數回，常常是一堆人在旁，二人老隔著距離，只是微笑點頭：就似這個早起！

這個迷藏，不知要躲避多久？他有時感到失意，可是再看到春枝時，心又活絡起來，又有些不死心！

似這般時有交戰，終久會是怎樣？他愈來愈迷惘，愈不知路該如何走？

有一天——

下午沒課，他回來途中又看到有雄，這次他大概站酸了，居然坐在長椅上！

他還是一式的聲調，講著無人知解又不關己的事，其實到今日這款樣，世間所有的事，要不要緊，於他又有什麼大關係？

蒼澤這一想，習慣看一眼手腕，這才發覺：錶面不知幾時停住了？

中午時，他就感覺手錶亂走，原來故障了——

蒼澤踩著車，經過鐘錶店時，剎間停住，一腳踏進去：

讀小學時，經過「居前社」，他常常停下來看，它的櫥窗內大大、小小的錶兒，鬧鐘排滿著；壁上、四處，掛著大小、各式鐘面，圓的、八角、長方……大時鐘下，有個圓錘一般的擺子，永遠晃動不止！

時間一到，前後、左右，每個鐘各盡職責，敲打響音……

他還記得：

有一對濃眉的老闆，留著三分頭，無論何時進去，他的右眼永遠戴一個超小型的黑色顯微鏡，那個小圓鏡，只有二、三公分，沒有把柄，卻可以緊密吸附在眼皮上，而免擔心掉落。

有人入內，他就摘下小鏡，來和那人說話，待了解來意，便將錶殼拆開，再戴上小鏡，靠它檢視裡面複雜、細密的零件。

每次他拆錶，蒼澤就愛湊上前，去看錶肚內一堆圓軸、齒輪和幾點小小像紅寶石的物件……

看他那樣，他會問：

「阿澤，等你大來，我教你修鐘錶的技術，好嗎？」

……

他問第二遍時，他就說：

「大概得回去問卡桑——」

「免問啦！像我，就只知錶兒那裡不對：手錶、時鐘可以修理，官廳不行……」

……

說到這裡，他的妻子會出言制止：

「你和小孩講這些，做什麼！」

「我和他講：錶兒不會變面！人才會變面！莫和會變面的人和物交、涉！傷心神，還會吃虧！」

……

自他知事以來，鐘錶店的頭家娘，常到他家找母親做不同的四季衣服，伊身上有一股香味，雙眉用梨紅顏色勾勒，不似一般人黑色粗硬，而且殺氣！……看到他就說：

「阿澤眞乖！」

……

「我若生一個查某囡仔……你給我做子婿……，好嗎？」

等他長大一些，再看到老闆娘，若想起那句話，會感覺不自在！

蒼澤人一進入，差些定住不能動，他沒想到，會在這裡遇著春枝！

慌亂中，他打了招呼：

「居前嬸——」

「阿澤，來坐！這久，沒看到你！」

「翁老師！」

「邱老師！」

……

春枝體態有些豐腴，她穿著稻穀色起白圓點的洋裝，坐在裡面等著，一面和頭家娘細聲說話。

老闆坐在修理座前，看他進來，小圓鏡又拿下來，與他說是：

「我有五、六年…沒看到你了——」

「是啊！——」

他略略拭汗，說道：「在師範學校……又去做二年的阿兵哥——」

他剝開錶殼，又戴上小鏡，一面檢查，一面說：

「現在做老師了，還要學修理鐘、錶的技術否？」

……

他一時無以爲應；他的妻子聽聞，又說道：

「你又和他胡說！阿澤，你莫聽他，你居前叔愛與你講笑！」

「我才不是——」

他摘下鏡來：「我是認眞的……妳才沒了解！反正，男人的心事，女人不知曉！你的軸心斷了，這款式，零件現時無貨，鹽水的代理商等下會來，我打電話給他們業務……你八點半再來！」

「多謝！」

他又轉身與春枝說是：

「妳再等二分鐘，即要好了！」

「多謝！」

……

他開始專心修錶：他的妻子匆匆入內看火：

「你們坐一下，我在煮綠豆湯——即要好了，一人吃一碗才走！」

……

店內只有他和春枝二人，老闆背向他們忙著，一屋子的鐘錶，滴答作響……他忽然停住工作，伸手轉開收音機來聽；說道：

「坐著甚無聊，我找一些好聽的歌！」

……

播音員說了一堆的話，蒼澤還不知跟春枝講什麼好；過一會，收音機流出歌曲來：

……

我今日來流浪，
看破了愛情——

……

歌詞這樣憂傷，春枝卻在身旁——

蒼澤有些理不淸自己的心緒：

春枝家是特別有錢，有名望，在俗世的看法裡；自己可能是高攀！

但他並不要那些；她可以是鐘錶店的女兒，五金行、西裝社的……

老闆終於修好了，將手錶遞給春枝，且說：

「浸到水，以後洗手得先剝下！」

春枝謝過他，又付錢，二人正要離開，頭家娘自屋後追出來：

「我綠豆煮好了！你們莫走！」

「這……」

二人對望一下，不知如何推辭；蒼澤小想，便說：

「我晚時來才吃！現在，甚燒！」

頭家娘竟然問：

「那，她呢？」

蒼澤看一眼春枝的表情，又說：

「伊的一分，我來吃！」

兩人一出店門，看外頭的太陽略略斜西，大馬路上的柏油還是又燙又軟；蒼澤於是徵求春枝：

「我們走青石巷？」

春枝未出聲，推車跟著他走；在白水湖，除了夫婦，以及訂過婚的情侶——青年男女，沒有人會結伴而行，他看出春枝的不自在，而自己也該維護一個女子在人世的評語，卻又不忍驟離，只想些無關緊要的話來說：

「小時候看伊，一直到現在，十幾年了，老闆娘好像都一樣，不肯老——」

春枝也說：

「伊眞正是出奇美麗！大概就是書上形容的：『眉目如畫』吧!?」

蒼澤笑道：

「妳的形容詞，用得眞好！……認眞去想，好像也無比它更適當的！」

……

春枝小笑，彎身將鞋上黏住的什麼拿掉，繼續又走著。

蒼澤道：

「下次有小朋友不會解釋那四個字時，帶他們來看伊，就會明白！」

春枝輕笑一聲；蒼澤止不住自己去看她：

春枝的眉、眼，有一股說不出來的好看，尤其兩眉，眞是雅緻到極點，以前的人形容的「眉如遠山」…大概就是那個樣子！

……十歲以前，他經過舊的「混沌館」，會進去看人算命，陳棋後來教他：如果眉毛排列無有章法、秩序者，這個人不能自制，破，敗之格。……他好像就跟他學這麼一句。之後十年，少有碰面；到他退伍那天，從竹門坐車，一上去看到三、四十個位置的車內，只坐一個陳棋，他說：我自仙草埔回來……現在，我不會教你那些了；學佛之人，無相可看!!

他正出神，卻聽春枝說：

「我剛才進去時，她站在椅仔上，打開大時鐘的玻璃蓋，找出絞緊發條的小道具，逐一上著——」

蒼澤也說：

「舊式時鐘，好像每天都得上發條，忘記弄它，就天下大亂，白天、夜晚，時間亂指，我家就有這麼個老爺鐘！」

春枝笑道：

「她回頭看是我，那一轉身，整個表情和身段，連我都錯覺：那是電影銀幕上的人物！」

小路已經快到盡頭，二人的內心也都各有負擔，但蒼澤還是鼓起勇氣：

「暑假以後，會比較輕鬆……」

「嗯，是啊——」

「那天，可以請妳看電影？」

春枝一時停步，沒有再走；她伸手將車籃內的提袋挪正，人稍稍想了一下，然後繼續往前。

走了二、三步，兩人又同時止住，原來，春枝家的後門已經看到了，大圍牆上爬滿紫色花朵：

春枝緩慢開口道：

「不知你看出來沒？」

蒼澤沒有出聲。

春枝繼續道：

「我父母親對我們兄弟、姊妹管甚嚴格，我可能不便出來——」

停了一下，看蒼澤無話，她又說：

「若直接去說，我知一定是不准，而我又不願說謊。」

……

「因為，一說謊，事情只會變得更複雜，嚴重，我眞的不習慣！」

蒼澤還是說不出話來。

「而且，本來是極單純的事，不必這樣遮掩，事情關係到上一輩的一些觀念，不是三、兩句說得清楚……」

蒼澤站在那裡不動，感覺自己的身體像是多出來的一種負擔！

「往後——再看看，好嗎？」

……

分手後，他目送她到後門，看她開鎖進入，自己揮了揮手，黯然回家。

一個假期，他都悶悶少話，直到開學，他才又看到春枝，但看到她時，心頭卻是又甜又苦！

有天晚上，他母親到他房內來：

「卡桑——」

他母親已過半百，老態漸顯，頭髮有不少是灰白色……

「阿澤，你有心事，我不知曉？」

他一時不知從何說起——

「居前嫂即使沒講，阿澤，你是我一手帶大的；我會看不出？」

……

「你眞眞何苦？」

他解釋道：

「我們什麼都沒有！只是互相有好印象，好感覺而已！」

他母親道：

「就是什麼都沒，才好抽退！」

他不再講話。

「你從小陪我吃這聚苦楚，若不是這條路沒得走，卡桑敢會阻擋你？」

……

他靜默一會，回答她：「問題眞實大到無路走？沒一絲辦法可解決？沒試……怎知呢？」

他母親嘆氣道：

「一定得滿身傷痕，你才知疼嗎？一定得去被人鄙視，滿面帶紅，才罷休嗎？免走到那種地步，能事先看出，才不枉我活到這個歲數！」

……

「我也沒想在背後講人閒話，反正一句話：她母親是萬項都無退步、相讓的那種人……兒女親事，絕對認眞到底！」

他是聽過春枝母親拿著魚到市場論理之事，……他眞的不知該說什麼!?

「你將卡桑的話，重想一遍，免將自身試刀才知利——頭前的人，已經試過千萬回！」

母子這番談話過後，蒼澤確實消瘦好一陣子，往後，整整有一年，他在學校，想看春枝又怕看到她……她現在教低年級，他教高年級，教室在不同的樓層，教員休息室，他愈來愈少踏入，人都在教室，有什麼要拿的，就由學生去！

每天，他都看到有雄，他一逕在那裡，說著全人類無能解讀的言語，……他這樣不停歇，是爲什麼？又是怎樣的人和事，可以把心，圍堵到如此絕路？

……

而他自己……現在的苦境，又是誰給的？

家裡、學校，都沒有他們發展的空間……！他曾經也想過：

就算不顧一切，試著突破困境，他可以不斷寫信給春枝，夾在書裡，親手交與她！

如此下去，有二種結果：一旦二人感情到某種程度時，春枝起家庭革命，割捨所有的親情，二人可以在一起！

白水湖不一定能住下去，又因爲她父親種種關係，原本的教書工作難免受影響！

二人可能只有到天邊、海角……就像竹門那樣的地方，一般師範生不願意去的小學，二人才有落腳的餘地！

另外一種是：

春枝撐不下去，或者她比他更了解自己的父母，因而順從了他們的安排。

……

無論那一條路，他都不忍她走!!

既然沒路走，蒼澤整整思考了一個年度……那麼，他終於下一個決心：就把它淡忘吧！

人生際遇裡，所有人類一時不能處理的百般難題，到頭不是全丟給時間這廝去解決的嗎？

6.

春枝今天沒到學校——

她在客運招呼站先鎖好腳踏車，才匆匆買票，踏上正要發動的直達車！

學期即將結束，學生這二天剛考完，她連夜改好試卷，本來，今天只需到教務處交成績，可是車騎一半，她就把整袋資料託給路上碰著的同事。

父母親都知道：她今天去台南……

本來資料袋可以交給阿吉去轉，他是父親專用的三輪車夫——可是想想欠妥當：

這麼些年，她學會避免：自己一些事項和她父親公務混淆，也就沒開口。

到新營後，她轉到對街來搭火車，因爲不是假日，車上沒什麼人……她一路想著心事：

這個月裡：

她聽父母不時用日語交談著……從小，她就習慣聽他們講日語，所以她到現在，未正式去學日語，卻多少知道意思。

他們提到麻豆的大姨，大姨在台北的兒子，還有暑假什麼的……她覺得沒意思，不很注意聽，也可能走開去做什麼，反正她不知下文！

這些應該與她無關！

到台南才十一點出頭，她叫了三輪車，直奔小西門。

家裡大概有一些地契，叫她大姊向這邊銀行貸款，又要買地，投資什麼等等一些重要文件，連雙掛號，她母親都不能放心的一堆紙張…不是每隔幾個月，伊自己來一趟，即是換她。

大姊夫在西門路開一家秋山兒科，上下五層樓，裡面除了緊張的大人和哭哭啼啼的小孩外，擠來擠去的，就是那些護士。

一樓是診所，除了患者特別多的情形下，她大姊通常在三樓內房！

春枝一上樓來，春水正背著她，將一包錢交給叫阿蓮的護士，大概是診所昨晚所有的收入，交代護士去寄存……，一看到她，放下手中物，拉著不放，又歡喜又意外：

「這早就到！我以為下晡呢！」

春枝道：

「我一早就出門，若坐到這個時還未到，卡桑不就緊張死!?」

……

春水接過她手上的紙袋，才想起一旁的護士還站在原處，便說：

「我看，妳免這遭路!!我小妹一來，我得帶她走街巷，總是得出門，妳回樓下湊腳手！」

阿蓮一下樓梯，春水又拉她雙雙坐到沙發上，一面詳細看，一面說：

「卡桑已經打過電話，妳小坐，我先回伊消息，講妳人到了——」

春枝坐在一旁，看春水撥轉電話，聽見她說：

「卡桑，春枝到了！物件我有看到！你放心！」

……

「我知！我知！我會和她講！妳免操煩一大堆！，妳要和伊講否?」

……

「日時電話貴?!妳管它！錢是人賺的！妳免這省，……好！好！我會和伊講！」

……

「還有——卡桑，我想留伊多住二天，學校也開始放假，伊也無事！妳和多桑講一聲！我知！我知!!」

春水掛下電話，二樓煮飯的安平嫂端著蓮藕茶和蜜水上來，說一聲：

「春枝小姐變瘦了！」

……

春枝略笑，點一下頭，看伊下樓，春水才說：

「我即要講呢！剛才有人在身邊，妳是怎樣呢？至少減四、五公斤！」

春枝無言。

「卡桑前一陣就打過電話來：伊講妳最近有一點變相——又說不出個什麼來，我萬萬沒想到：有這嚴重！」

……

春水大她十五歲，兄弟姊妹裡，也是她最能揣摩父母的意思，從小又最疼她，今天來，春枝原本就爲的與她說話商量，也聽她的意見：，可是這一來，想想，竟是無從說起。

春水問：

「是不是有男朋友？談戀愛了？我來做妳的軍師，好否？」

……

「是白水湖人？」

春枝點一下頭。

「住那裡？我有熟識否？」

……

春枝且不答，頭往沙發背一靠，拿著手巾，隨意蓋著臉，然後說：「莫再問了！妳的一堆問題，我都不會回答！」

春水摸著她的肩頭，說：

「有事也不找我講？自己心悶，堪若在孵豆芽，會孵死！」

「妳住這遠！」

春水著急道：

「妳不會打電話?!……我若知妳這款樣，透暝就回白水湖！」

……

春枝緩緩再將手巾揭走，說：

「我還不知是算呢！不算!?」

春水罵她道：

「人瘦一圈下去，還什麼不算？妳敢會爲路邊一個無相干的人消瘦？」

春枝說不出話來。

「女人只要情緒不對，就會有病……再下去，小命就賣他！」

春枝於是將事情簡單講一遍：

「通學時，就認識，到南師又遇著，現在，同一個辦公室！」

春水靜靜聽著：

「他住棋盤巷，妳記得有一個邱永昭老師嗎？我出世那年，學校有一位老師被約談……以後即失蹤。」

「且等——」

春水打斷她的話，連說道：「我一年級時，就是邱永昭老師教的！他是很好的一個老師！當年出那樣的事，我一直很難過。」

春枝復何言？

春水又問：

「邱老師是他父親？」

春枝點頭。

春水靜默一會，才說：

「我已經知道妳消瘦的原因了！」

春枝無話；春水又說：

「像邱老師那般男子氣概的人，我可以想，就理解是怎樣的心情！妳莫以爲我小學一年級的印象太遠，我到初二時，還看過他！」

春枝也說：

「像他父親，是很完整的人格！」

春水道：

「遇著我們父母的一些觀念，可以想知他的艱難!!」

春枝無話。

春水又問：

「他開過口否？」

「他提議去看電影，……二次我都沒答應，第一遍在宿舍，我感冒，沒得講。第二遍，兩年前在白水湖，修理手錶時遇到。」

「我瞭解他的心情；像他這種成長過程，拒絕一次，可以停頓十年。」

春枝道：

「我不是考慮自身，我是擔心事情一公開，父母親對他的責難——」

話未講完，春水忍不住抱著她的肩頭：

「小春枝，我眞愛妳，可憐妳受這苦，我卻不知!!」

……

姊妹二個都止不住哽咽；小等過去，春枝淸一下聲嗓，繼續說道：

「他當兵時寫過信，一張小賀年卡，因爲放假，我晚一個月才回！」

……

「其實我們中間有什麼困難，他非常清楚；住在大都市的人，是不是就可以不管這些!?」

春水嘆氣道：

「妳自小就這樣，連吃飯也是一嘴菜，配一口飯，絕對不會愛吃的吃掉，後面的殘局留給人收拾。」

……

春枝無語。停了一下又問：

「我還有一點困惑，想要明白：到妳們這個年紀來，四十歲以後，人是怎樣回頭看感情這件事？」

春水笑道：

「好！好!!我們先談到這裡；本來我就準備帶妳去看一場電影，看過以後，妳的問題就有答案，我們先吃午餐。」

春水原先要帶她去有名的「沙卡利吧」吃台南小吃，可是春枝說：

「安平嫂都煮好了，何必到外面去？」

正說著，煮飯的婦人果然將一些飯、菜端上來安置好；春枝知道：姊夫家平時在二樓開飯，護士們是輪流來吃，小孩要補習也是先吃就走，誰也沒等誰，可是她們娘家若有人來，尤其她母親，春水一定會在三樓再擺一桌，以示鄭重！

姊妹兩個相對而坐，春水且替她挾了一碗的菜，催促她快動箸：

「減去的那五公斤，得再找回來！」

春枝卻問：

「姊夫呢？不等他吃飯？」

春水道：

「妳趕緊吃——誰等他吃飯，胃就好看！有時到三、四點，還沒準呢！」

「長時間下去，不好吧!?」

春水道：

「一個人，當他決定賺錢方式的同時，他也已經決定了吃飯的方式！這句話還是他自己說的！我總不行把他綁來餐桌前？」

……

吃過飯，二人相偕先到銀行寄錢，然後坐車到最近的一家戲院：

電影的片名是「新蝴蝶夢」。

看完之後，春水還不罷休，又拉她過對街去，再看另外一場。等出來時，天欲晚，二人就在夜市吃東吃西，回到家，已經七、八點。

春水找了寬鬆衣物，催她洗身，到春枝浴後出來，她忍不住問：

「我都沒見著姊夫，是不是去樓下打一個招呼？才不會無禮？」

春水早也洗淨出來，歪在軟椅上，托著圓圓一個下頦，笑道：

「他剛才上來，扒二嘴飯，聽說妳在裡面，交代留妳多住幾天，妳要下去也好，不過，阿蓮有講；今晚掛號全滿，我看是免！」

……

姊妹對坐相看，春水忽然走入臥房，捧一個圓盒出來，且說：

「要看之前，我把話先講清楚，這件事，多桑提過一次，卡桑，半年內講過五遍！」

春枝有些料著，又有些詫異；父母應該是背著她，在商量與她相關的什麼，詳細怎樣，卻又說不出。

「大姨第二個兒子，啓聰，今年醫學院畢業，妳小時在外嬤家，大舅那邊，應該看過，他們商量給你們二人先訂婚——」

春枝一聽，有些突然，又有些恍然大悟！

春水又說：

「妳的照片，老早寄去台北和麻豆！」

……

春枝胸中一片翻攪，眼前又浮起父母親交談的種種表情：

「他們再三交代，由我先和妳提起，本來妳若沒來，我過一陣，也得回白水湖——就為這件事！」

……

春枝感覺咽喉一陣乾澀，隨手倒一甌茶，直喉飲下沒停。

做姊姊的又說：

「我並沒特別贊成妳和啓聰！其實，我老早厭倦醫生圈子內，那種文化和生活方式！人像競賽場內的項目，比車子、比財產、比妻子的嫁妝，比別墅大小坪數，甚至比小孩讀的學校和成績……。」

春枝言道：

「我出門前，問妳的那句話，是為了做一個：不欺自己的心，也不傷害別人的決定，和後提的這項事，原本無相干！」

春水聽說，將手中圓蓋掀開，道是：

「給妳看這個物件！」

「這是？」

春枝看她取出一個細工繡件，長寬約十公分，黑絲緞面，以水藍絲縷鎖邊。

春水道：

「這是阿嬤貼身荷包——你看！伊繡這好!!」

春枝接過來看：

荷包一面繡的是許漢文借傘，青蛇、白蛇在湖邊相別。另面是青蛇、白蛇，各提劍在前，法海背著拂塵，手上托個鉢，身後是金山寺，故事、題材極平常，她卻忍不住讚賞道：

「妳看這面部表情!!才不到半公分的面積，可以繡出如此這般絕色女子，眉、眼、鼻、口，眞是美麗到了極點；阿嬤這了不起的功夫，到我們時就斷了，也無人傳承！」

春水說：

「我十八歲那年，她給我的，妳那時才三、四歲，未久，她就過身！」

春枝闔眼來想：

死，也不知到那裡去?生，也不知自那裡來?

春水又說：

「阿嬤繡這個故事情節，一定有伊的深意，只是不知我們看有看無！」

……

「妳一定奇怪，白蛇傳連三歲孩童都知，何必看呢!?其實一些人都只看故事，未知深意，記得嗎?當法海向許漢文說：你妻子是妖精時，他竟然害怕到要避藏起來。白素貞二人以為他落難，為了救他，水漫金山，傷多少生靈，揹那麼大的因果！她不是不知自己在做什麼，得付出怎樣代價，她是修了千年，才得的人身，可以爲那個人一下就豁出，愛情有這樣可信嗎？」

……

「那個莊子也是一樣，以幻術試探，實驗妻子，田氏還認眞到要去劈棺，人生所有的一切，全押在情愛上，落得最後自盡。」

……

「這二個故事其實同一個結論：女人所以受苦最多，原因在：她們對感情完全投入，太過認眞；但是男人不同，他們沒那麼當眞，不會一直停留在情愛裡，甚至根本就未進入狀況；男人，反正不是許漢文，就是莊子！」

春枝說不出話來。

「妳想看！男的在避妖精，在害怕，在保護他自己：女的居然提劍去爲他拚生死，拚的還是好幾世的生死……去干犯天條！」

……

「妳以爲只有舊式人物才這樣？秋山的三叔，年輕時在慶應大學原有日本女友，關係已是非常，家中也未盡知，因此要他回來，還和我嬸婆相親，第二年，戰爭爆發，反正未得回去，二人就結婚，……一直到現在，家族中無人淸楚，他有幾個小的？半年前，有個親戚從東京回來，傳個消息：那女子到現在七、八十了，一直未嫁——」

……

「所以呢，免替他們擔心，男人是不會有愛情悲劇的！尤其三十五歲以後——當然二十歲左右，男人也可能會純情的做些什麼，但過了那段期間，尤其婚後，二人即不再是男女，而變成親人，成了倫常的一部分——」

春水說著，看一眼春枝的表情，才又言道：

「我因爲太了解父母親，知道他們的人生是不讓半步的，妳若選他，我實在不忍看！不忍說……」

春枝慢聲道：

「我有想過，他們會斷絕父女關係，而且至死不相認，二人還得離開白水湖國小，加上他的成長背景，又是獨子，丟下老母、阿嬤或者帶走，對他都是苦處！」

春水說：

「妳已經聽明白了！這些壓力和迫害，在男女關係時，不起作用，可能沒感覺什麼，一旦進入倫常期，即開始傷害婚姻，二人都痛苦！」

春枝一時無語。

「但是，若選啓聰，妳可以想知：我現在的狀況，正是十五年後的妳！」

春水說到這裡，停住，長嘆一口氣：

「如果可行，我兩個都不選！」

……

二人談到深夜，各自去睡。

春枝第二天起來，四處未見著春水；原來她去辦母親交代的那些事！

春枝自己由安平嫂招呼吃早飯，她姊夫和二個小孩也圍桌而坐，正說些家常閒話，樓下急診鈴又響，她姊夫匆匆放下碗筷離去——

她不知自己往後是否也得和類似這樣的人生活，但，她已覺察春水的疲累！

春水一直到午飯時間才回，看春枝收拾小提袋，問道：

「妳不多住一天陪我？」

春枝道：

「多住一天，還不如全年長住，可是，能嗎？而且住愈久，要離開時，你愈灼心——」

春水沒回答，她一時不好開口，知自己聲音已經哽咽！

春枝也不知說什麼好，待想起時，春水已進入洗面，隨即走出來，面上猶有水痕！她生得也不形似父母，倒幾分像外家的阿嬤：長圓的眼睛，睫毛根根可數，穿一件米乳窄裙，同色系上衣；黑又密的頭髮全盤起。背影看來又有些像春常……

「春枝！妳記得我讀南女時，有個同學叫鄭微婉，去過白水湖，眉毛很淡，和我平高……她大學畢業沒幾年就出家了，現在竹溪寺——」

春枝想起，說道：

「像她這樣，不就如妳說的，兩個都不選！」

春水略想，也說：

「前幾年，我們三、五個同學相約去看她，我問她一個問題：妳爲怎樣的事出家？」

「她怎麼說？」

「她問我：要聽複雜的，還是簡單的。」

……

「我說兩個都要；她就說：簡單一點，是要跟佛去學做大丈夫的事！複雜嘛？就是有地球以來，生命所有面臨過的問題，一次解決！」

春枝停住好一會，都沒講話。

「春枝，她這樣的答案，妳聽有嗎？」

春枝一時怔住，過了好久，才說：

「在這當時，我半句不能說，但它卻跑入心的內面……我希望，有生之年，可以知曉它的深意！」

……

說著，眼看時間已近，春枝提著隨身袋子，下來與衆人道別。

她先與護士們點頭：

「歡迎大家到白水湖！」

護士們則是一片再見聲；再走進診療室，看到秋山，說一聲：

「姊夫，我回去了！」

……

秋山身上掛著診筒，手中正寫著處方箋，這一聽，頭轉個大彎，說句：

「問大家好！有時間常來！」

……

春枝到出來時，春水已在門口等她，做姊姊的一路送她直到車站來：

車站內人來人往，大家都是一式的塵勞、奔波；面上竟然帶著相同的表情！

二人先看了時刻表，確定車班是三點十五分，春水又匆匆替她買來車票，還陪她過月台。

姊妹們一上一下走著台階，春水突然想起，將自己身上一包物件，塞到她手裡；

春枝問：

「這，又是啥？」

春水道：

「是妳猜不到的！」

春枝說：

「卡桑的文件，不是老早包好在內層袋！」

春水道：

「老是那幾項，有啥意思!?」

……？

「是當年阿嬤留下的紀念！除了荷包，還有幾個清朝老銀戒指！」

「這——」

「既然妳識貨，又知寶惜，就由妳保管！」

春枝聽說，將它收好，又道：

「我是最後一班車，才回白水湖！到家很晚了；卡桑如果有電話來，妳只提這點！」

春水很快聽出這話裡的意思，伸手按住春枝，也說：

「妳做任何決定，我都支持——春枝，別忘記，我站在妳這條線上！」

……

列車終於進站來，像個龐大物體，將月台上的人們悉數吸入——

二人依依分手，春枝坐上火車，看著春水漸遠，自己沈重的闔上雙眼：既然……既然少年的夢，遲早要醒，她自己靜悄的在心中下了決定！

火車隆隆的載著她跑，大城市接著小鄉鎮，一站又一站，……春枝睜眼又閉，這開開、合合，窗外盡是嘉南平原美麗的景致！

她打開春水那個袋仔來看：

除了荷包，另外還有二只老式銀戒指，鏤刻著人物故事，一個是三堂會審，玉堂春跪在下面，上頭著烏紗帽的正是王金龍……兩旁還有陪審官。另一個是狀元祭塔，許夢蛟跪在雷峰塔前，白素貞從塔內伸出頭來。

春枝撫著阿嬤的手澤，又拿起荷包細看：

這樣美麗如斯的女子，提劍而往，她，她們到底在爲什麼拚命？

……

再三看過，才將它收妥，她重新望出窗來：

夕陽嵌在西邊，鳥隻正心急飛向巢去。

春枝這才注意到；自己身旁坐一個年輕比丘僧；她在台南上車時，這個位子原先坐個婦人，也不知何時何站下車？

春枝看他專注讀著書，原不在意，自己又闔眼起來，再二站就到了，她所有的心事一下浮上來：

鄰座的修行人，每隔多久，即翻過書頁，規則的翻書聲，響在耳邊……她一時睜開眼，去看他看的：

髮從今日白，
花是去年紅；
何必待零落，
然後始知空？

文益禪師

春枝一下坐直起來，她覺得自己一堆混濁心情，突然被放入明礬！

比丘繼續翻著紙張，春枝小停一會，又跟著看下去：

獨占鰲頭，
漫說男兒得意秋！
金印懸如斗，
聲勢非常久，
嗟！多少枉馳求！

童顏皓首，
夢覺黃粱，
一笑無何有；
因此把富貴功名一筆勾！

蓮池大師

如果不是車站廣播員的提醒，春枝差些忘記下車；她經過比丘僧身邊時，特別雙手合十：

「年輕的師父，多謝你！」

比丘僧唸一句：

「阿彌陀佛。」

春枝很快下車來：

她看一下手錶，差十幾分即五點，回白水湖得到對街坐車，但她得先打一通電話：

此際，她內心是很久沒有過的清澈、平靜，……從修手錶遇著蒼澤以後，她的心就一直亂著無置放處；車站內設有電信局，她先打給春水：

「阿姊！我到新營了。」

春水聽是她，又喜又驚：

「卡桑打過電話，我未說出妳離開的時間，只說最後的尾班車到家！」

……

春枝停一下，才說：「我會跟他把話講清楚！」

春水也說：

「不一定，過二天，我也回白水湖。」

春枝道：

「我是要跟妳說，我已經想好了，如果我也行一條妳這樣的路，那麼，等老一點，五十歲，嗯！不行，我若五十，妳已經六十五了，走未俐落，！」

春水在電話那頭笑起來：

「妳五十歲，要搊（註）我去那位？」

春枝認眞道：

「等我四十五即好，妳六十，或者再早一、二年，我們就去竹溪寺，聽妳同學講經！」

搊：ㄔㄡ，攙扶。

……

三分鐘已到，電信局的接線員問春枝還要繼續否？春枝於是另接了白水湖國小的電話：

暑假才開始，蒼澤這些時，應該還在學校，她知道他愈來愈習慣自己留在教室，直到天黑，如果找未著人，她還未想過是否掛到他家？

因爲是指名電話，當接線生告知接通時，她的手有些小顫：

「我是邱蒼澤！」

「我是春枝。」

「哦——」

他停了一下，大概是意外，問道：「妳在外面嗎？」

春枝一時未答。

因爲聽出來她內心的不安，他又加一句：

「旁邊沒人！值班的紀老師先去吃飯。」

……

春枝鬆一口氣，說道：「我在新營，正要坐五點十五分的車回白水湖，我想在前二站下車。」

這下，輪到蒼澤無話；春枝又說：

「站名是埔仔厝……你知那個站否？」

……

蒼澤終於聽明白她的話，說道：「我知！我會騎車去那裡等妳。」

他一說，她反而靜默下來。

蒼澤又講：

「車程大約二十五到三十分鐘，如果妳先到，就小等一下！」

……

二人互道再見，春枝掛了話筒，繳交費用，便走過對街來。

熱太陽此時已無威力，但空氣裡還是沈悶，四周有蟬聲零散，春枝走到客運站前，頭一低，只見水泥地上，一隻橙身黑翼的蟬兒，落在那裡！

她從教科書資料得知：每隻蟬，在地底十七年，出土來，只有七天的日子，有無交配，牠都會氣力用盡而死！

……

春枝蹲下身，將牠撿拾起，也不知怎樣，忽然一陣心酸！

她是那樣教過學生!!她原先以爲：人類所有的追逐，是不同於苦唱不止的蟬隻；但——

方才火車上，年輕比丘翻動的偈子，教她重新來想：

不止！還有離開台南前，春水所提，在竹溪寺的鄭微婉，她的話更教她重看事情：

人類自以爲有別於蟬隻，老以爲自己的夢，比較偉大，事實卻是：兩下都撞破頭在求……

蟬兒已經力竭，只能小動著腳足；春枝擔心過往的人、車如織，她一面撫著牠，同時找路旁樹蔭底，將牠輕放下來。

再大的悲憫，也代替不了生死，生死眞是最孤單的承擔！

「蟬兒，再見！」

她說這話時，淚水一下從眼眶出來，滴到蟬身、羽翼：

人類幾億年的生活史裡，從仆倒到繼續，人們到底在追求什麼？只是飽食？只是繁衍後代？然後將心願，一個個完成？只是這樣嗎？人的心願，又分多少層次？像她母親，用所有的力氣要賺更多的錢，而蒼澤的父親，也許只想爲人類最根本的東西出力而已；姊夫的心願是開一家綜合醫院；大伯卻是：放一天假多好；開基者希望江山永在，「豪傑們」的旗幟則是：「救國救民」……

人的願望各異，當心事完成，他會因此更快樂嗎？像她母親終日追逐，勞心役形，而不自知是苦事；整個人類史裡，前面的人受什麼苦，因何受苦？爲何是苦？後頭的人無一個知；悲劇因而重複！

血淚如果重疊，答案會在那裡？

人也用他的觸角，分別喜、憎：到盡頭時，無非苦死、樂死，如果苦，樂不著，生命是否有破解處？而那觸角，是真可以相信的嗎？

在鄭微婉的話裡，和年輕比丘的書頁中，春枝願意相信：

是有人找著了生脫死的大法！

……

她又看了蟬隻一眼，這時，往白水湖的車班已閃出紅燈，春枝匆匆跨上車，找一個後頭靠窗的位子坐定。

昨日：

她坐車離鄉時，經過其中一個小招呼站，有個阿婆上去；

伊的行動特別慢，車內疏疏無人，難得司機耐心等著，以致她能清楚看到小村落的電影看板。

既然，少年的春夢遲早要醒，既是人生不過似春天的夢境；其中的殊異，又在那裡？那真正該面對的，又是什麼？而她，竟得找一個陌生、僻靜的角落，才能把所有的話說清楚。

天欲晚時，回白水湖的那條路，特別美麗，兩邊的相思樹夾參木麻黃……

太陽幾乎要沈下去了；邊際的紅霞，逐漸黯下來！

……

父母既是交代春水與她正式提起，這件事，最慢，最慢到明年，她一定得有答覆——

春枝想到：

如此一來，自己也不知何時得離開白水湖？最多一年！美麗的白水湖，她最多只能再住它一年！

世間怎會有一堆自己做不了主的人和事，像大伯，像她父母，像蒼澤，像春水，像姊夫……

她在車上，遠遠看到蒼澤，他穿著長袖白襯衫，袖子隨意摺起：

春枝下來時，蒼澤早走到她面前；這時，天色差不多全黯了，只有小路燈和店家的燈火閃著；他與她打招呼道：

「嗨!!」

春枝問：

「車班好像慢分，你等很久嗎？」

蒼澤笑說：

「學校到這兒，騎車要二十三分，我有小算一下時間，才出發——」

正說著，因幾步路前就有一家小吃店，蒼澤便問：

「妳還未吃飯不是?我們進去吧?!」

……

春枝隨他入內，也點了炒麵和菜湯。

二人對坐，一時無語，還是春枝說句：

「你不是要請我看電影？」

蒼澤只笑未答。

春枝只好又說：

「昨天，到台南看我阿姊，車子經過時，發現這裡有一家小戲院！」

……

「也不知片名，就與你提起。」

蒼澤笑道：

「我看到廣告板，叫『湯島白梅』。」

春枝說：

「等吃過再買票，應該不會客滿?!」

……

這時飯、菜已到，二人取箸來用：蒼澤看著春枝，說一句：

「請慢用！」

春枝以爲自己吃甚快，小怔一下，看蒼澤自口袋拿出戲票，且說是：

「本來進去前，才想變戲法叫妳吃驚，我因爲早到五、六分，看著廣告牌，就先買了！」

飯後，距離開映時間還有十來分，二人就在附近的田埂走著。

埔仔厝大約住有百餘戶人家，四周盡是田地，夏日夜晚，青蛙、蟾蜍兩不相讓，各自唱起各自的調來：

蒼澤說：

「當兵時，居然認爲牠們有夠吵，現在反省過來，地球又不專屬人類所有，應該是我們妨礙了牠！」

戲院在六點五十分開門，觀衆不多……，春枝直到散場出側門，看手錶，已是八點二十。

劇情她從前聽春水提過；春水自少女即愛看電影，她那時太小，跟不上，伊都是拉春常去的！

自小熟識的男、女，戰後皆成孤兒。男的因偸竊，屋主是帝大的醫科教授，憐他聰明誤用，給予栽培。及長，二人重逢，男的是醫科大學生，女的淪爲酒家女；後在養父以斷絕父子關係的狀況下，二人在舊日盟誓處分手……

前二年，春枝聽這哀傷的主題曲，會有無奈和感傷，但此際，她竟然不是：

女的是爲著成全分手！分開之後，他富貴、功名都有，娶富家之女，做成功人物……男的卻又是在爲他自己，他不放掉到手的一切，還找足了充分的藉口！

……

戲院五十尺外，盡是田野；最後的一班車，還得三十分後才到：

春枝走在田埂間，細沙不斷擠著進入她的白鞋內，月亮從頭頂照下來，二人的身影，忽的重疊，忽的又分開，……她突然停步問他：

「如果我脫掉鞋子，你不可以笑喔!!」

……

蒼澤怔一下，連說：「才不會，才不會！」

春枝眞的認眞跑起來，她穿一件藕色衣裳，風不斷把裙裾吹來吹去——

青蛙們到後來也無聲矣……，不遠的馬路上，偶爾有機車騎過，幾處村落的狗吠聲，便互相叫起：

月色當好，他們卻在這個近乎荒涼的小村莊裡，談著這式沒人有過的戀情：

「男的如果不顧一切娶她，他會快樂嗎？」

……

春枝突然這麼一問，蒼澤也有些意外：

「——我想娶或不娶……他都不快樂吧!?」

春枝道：

「可能前頭會有一些，但過了三十五，快不快樂，他都會丟開，他有自己要忙碌、追求的別項！」

……

時間慢慢接近，春枝回身去找她的提袋和鞋，她母親視同性命的錢財證明，她全把它棄捨路邊！她先將裡面的細沙倒掉，再緩緩穿上。

蒼澤道：

「要不要……我載妳一程？」

「好啊！」

……

二人走回路旁停車舊處，蒼澤跨上車，一腳踩踏板，一腳留在地面：

「坐好啊！」

他一面吩咐春枝，一面踩動著；春枝在後座，人隨車晃，也說一句：

「本來我也想坐到前一站……再搭車。」

蒼澤未語。

春枝又說：

「可是，又怕你踩不動！怕自己……太重了！先說好，如果累，我就下來走

──反正趕赴著尾班車。」

蒼澤努力踩車，春枝小些向前傾靠著，她知：愈挪前，他愈省力。

月亮還是照著，二人的身影，仍然做著分分、合合的遊戲。

回白水湖的路，在前不住的延伸，腳踏車不時會迸出單調又規則的機件響聲，在這一剎間，他倆人心中共同的愛是那個美麗故鄉！

春枝側身坐著，手放在提袋上，袋內有文件和荷包，她又想起：那個提劍而往的美麗女子！

招呼站終於到了，蒼澤停車給她下來，這樣的一刻裡，兩人都屏息以對！

過了一會，春枝終於說：

「我，沒有辦法做什麼事，而不顧父母的感覺。」

蒼澤也道：

「我想，多數的白水湖人，都是這樣！……包括我自己！」

二人停住好一下，春枝才又說：

「但是，這個夜晚，……卻是給我自己的！」

……

蒼澤無語。

春枝又說：

「感謝你陪我。」

……

蒼澤仍然沒講話；春枝則背過身去。

車子已經遠遠駛來，春枝一直沒動靜……

蒼澤伸出手，想了一下，還是拍著她的肩，說句：

「我看妳上車後再走……，保重！」

春枝轉過身，看車停住，自己踏上去，再揮著手，也說：

「保重——」

……

車子一下就開得老遠，司機大概急著要回家，春枝站穩之後才定住神，再回頭望，已經看不清蒼澤的身影……

她不知他要站立原處多久，她只知自己的眼淚流滴下來！

7.

八、九點時，菜市口人群當聚。

賣魚盛仔以手翻著青亮的魚身，誇口招呼道：

「上青的鮸魚，來哦！」

「一鮸二鯧三加納，知曉賺，也得知曉吃！有錢吃鮸！」

……

路過的婦人，看看魚架，隨口問他：

「按怎賣？」

阿盛仔答：

「一兩六塊！」

……婦人聽說，吐一個舌尖出來：

「是吃欲做皇帝嗎？有錢吃鮑，無錢就免吃！」

阿盛道：

「錢搵豆油，敢會吃得？像溪水仔，賺一堆傢伙，今日出喪，我看也無攢去？賺著，用不著，不值啦！」

來往的人裡，又有一個停住說話：

「是啊，留給子孫拚生死！搵刀，搵棍！大孔，小孔！」

……如此，沒一會，已經一堆人各自成群，從巷仔口說到街頭，正談論著，一陣出喪樂音傳來，衆婦人擠著到出口處。

有的說：

「莫擠！莫擠。」

有的說：

「一小孔，分我眯一下！」

另一個笑道：

「有啥好看？棺材板底死人！」

擠在後頭的看未清楚，又說：

「穿藍的是查某子？穿黑的才是媳婦，是否？」

前頭的道：

「那得看孝服？聽聲就知！人說：女兒哭腸肚，媳婦哭禮數！」

「是啊！」

另外一人附聲道：「父死路遠，母死路斷。」

說著，看賣菜菊經過，又有人道：

「老菊啊，妳吃飽會弄枵仔花，一個知理，飼到二十外，會擔會做，透早和妳賣菜，中午送學生仔便當，一個女兒抵人三個！」

「誰人娶到，三代做積德！」

「媒人給我做，替伊找一門好親事！」

……

錦菊隨口應著，又回她的攤架；另外的婦人推這想做媒的說：

「妳慢一步！錦菊仔未生了！單單一個知理！」

一臉意外的婦人連問：

「是誰？是誰？」

「水霖仔！」

婦人楞一下，才問：

「妳是講水源的小弟？」

「是啊！這二年才開電器行那個！水源仔單單一個小弟，兄弟仔店面連相偎，你每天走大路沒看見？」

「那個舊址不是雙潤病院：本來醫生館!?」

「講來話頭長！啊，看新娘啦！」

原來，送葬的隊伍過完未久，換做迎娶的人馬，一時鑼鼓聲不絕；眾人這下換了話題來：

「今日好日，紅、白事都有。」

「等下，大家去看開箱；聽說嫁妝一堆！」

「那有效？若像黑貓丹，日日相戰，哎？伊那會不厭倦？前世可能是將軍，每日開戰！」

「若像武男的某也是無輸贏！」

「是啥大誌?!」

「逐暝無歇——」

……

講到這，婦人互貼耳孔，小聲說著。

一個又問：

「敢不是四十外？」

「愈老愈顛倒！」

「哎！你那會這窗光（註①）？雞母相踏的事……你也知？」

……

另外一個說：

「莫講這，來講知理欲嫁誰人？嗯，頭前講到啥？那會刜（註②）到十八天外去？」

「講到醫生館！」

「實在罪重，也是情會盡！做做，不知留給誰人貲（註③）賬?!」

「白水湖的人才呢！一個醫生，一個老師，不知掠去啥所在，連身屍都無！」

「未好啦！」

「曲虧一個素卻！做衫栽培後生，現在也做老師……那個鹽水查某，和人不同！」

「是啊！二個囝仔，全是白水湖國校第一名畢業，竟然不給他讀冊，攏去學工

①窗光：比喻洞悉諸事。

②刜：ㄈㄨˊ，以刀擊之。《說文》。整句比喻：打鬥或討論激烈。

③貲：ㄗ，罰錢。抵賬之意。

夫！」

「眞實——情會盡！無人這款！」

「伊講：讀冊？讀啥冊？誰比他們老爸讀較冣（註）？讀到放某放子！」

……

「老師去找伊，甚至拜託！」

「無效；伊講：全白水湖，誰有他老爸的學歷？敢有路用？——先鋒十個死九個，時局一變，那些想愈遠，看愈遠的，愈早被收拾！書讀冣，若不知人世凶險，換朝代時都在填命！還是先教他們二人按怎過日！」

……

蒼澤困在車陣裡，前後半小時：

他今早到戶籍課辦一些資料，準備寄給二叔，想回學校，才發覺車子破風！就在車店小坐，等內胎補好要走，才發覺嫁娶、發喪的隊伍不斷……幸好離開教室時，已經交代鐵城，如果第二節課趕不回來，由他做小老師！

蒼澤自己教了這麼些年書，還未看過天分這麼好的學生，甚至有些數學課外

冣：ㄗㄨㄟˋ，積、聚也。見《說文》。

題，蒼澤自己都得多看一遍，鐵城竟可以題目看完，答案已經出來！

鐵城今年五年級，一般的身高，和一堆同學站在一處時，也會推推、擠擠，只是你會發覺：他還是比那些人少說幾句話——

做老師的，一教到這種學生，眞可以用如獲至寶來形容！

他教了一學期，才發覺他與人不同的身世：

原先，他只知鐵城家開家具行，父親黃水源是個木匠，自家的店面做生意，是極平常的白水湖人家。

一班學生四十五個，如果表現沒有異樣，遲到，曠課等等，老師不會特別去做家庭訪問，除非偶然碰到。

二天前：

在學校服務了四十年，即要退休的石景山老師，與他談起這樣的話題：

「你聽過黃潤這個人否？」

……

蒼澤一時被問住——

停了好一會，兩人都未再出聲；石老師是他的前輩，平日和藹、近人，是蒼澤尊敬的長者，可是這樣的話題，他無法馬上接下去。

看他這樣，石老師道：

「這件事，迄今無人公開談論；丁亥年，一九四七年初春，白水湖失蹤的二個人，一個是令尊，另外一位是——黃潤先生。」

……

那一年，那件事，一直是他家內每個人心上的創傷，一直沒好，也一直沒結疤，他們平日不去碰那個刀口，因爲太痛！

四下無人，蒼澤略想，才說：

「家裡的人，很少提起相關事項，只會言說：先父往昔種種……。我到稍大，才從長輩談話，略知一二；黃家眷屬，不是早早搬離白水湖？」

石老師道：

「說到這裡，我每每想頓腳；黃水源、黃水霖，前後都是我教的：水源有夠聰明，畢業時是縣長獎，全校第一！他母親竟然不同意他升學，叫他到外地學木工！做爲一個教育工作者，你說我痛心不痛？」

蒼澤這一聽，連想起鐵城站在講台上，竟是怎樣的原因：

「原來：他是黃潤的孫子！」

石老師道：

「當年，我跑穿鞋底，他母親都未答應；我以爲是經濟的關係，我說：水源讀書所費，由我來出！」

……

「但是，伊講：伊有二間厝宅，錢項不是問題，是伊對這個世間膽寒！」

蒼澤聽到這裡，心微微抽痛著。

「到水霖畢業，事情又重演，她叫他去學電工——我和伊講到後來，只欠沒跪下！」

聽著，聽著，蒼澤感覺自己也是這創傷的一部分，他眞的沒辦法形容出那種痛！

石老師繼續說：

「伊還是一句：膽寒！」

蒼澤站在原位，一直不能動，他想著水源兄弟所受的傷害：不！那該是整個人類的創傷！

「不久她就搬離白水湖！好像回鹽水，這邊的舊址租人，到最近三、五年，才陸續回來開店！」

蒼澤道：

「離去又回，原來中間有曲折！」

石老師道：

「我教了三十幾年書，他兄弟二人，是我的得意，也是我的至痛！當然，我永遠記得他們母親講的這句話——免先教他讀書，得先教他怎樣過日子！」

……

蒼澤牽著車，枯站的這些時，他看一眼手錶：十點五分，鐵城他們已開始上音樂課，他不必急著回去。

車隊和衆人終於過完，街路又還給大家。蒼澤走兩步，忽然將車頭掉轉。不遠處，就那麼十來個店面，黃水源家具行就在眼前！他推著車走過去：

他在門口停車時，水源正背著他在刨木材，他穿著汗衫，雙手推著刨刀，一去一來，手動處，薄如片羽的刨刀蔫，應聲而起，再落到地面！

他不停在做，刨刀蔫一直不停止，……沒多久，一地上都是捲成圓圈的削屑，淹沒他的腳！

他換個姿勢，腳又踏出木屑堆上，再刨二下，停住，伸右手去拂前額，可能在拭汗！

大概太過專心，蒼澤站在身後這二、三分裡，他一點也不察覺！

……

蒼澤愈看，愈是不想驚擾他，才要後轉，這才發覺自己已經退不回去：

「邱老師！」

……

鐵城有個讀一年級的妹妹，可以心算二位數相乘，因此全校皆知：

蒼澤看過她給鐵城送飯，瘦小的身軀，剪得奇短的頭髮，最叫人注意的，是那雙烏黑、漆亮、又內歛的眼睛：人類、社會不知多少資源，蘊藏裡面！

她這一叫，黃水源才轉身過來：

「老師是嗎!?來坐！」

他伸手拿領頸上的乾手巾先擦汗，放回，再將夾在耳後鬢邊的鉛筆取下，然後找來二隻圓椅，領著蒼澤離開木屑堆：

「坐啊！老師!!」

蒼澤道：

「攪擾了！」

水源又向屋內叫著：

「阿娥！鐵城的級任老師來！」

「來了！來了！」

隨應聲處，婦人捧著茶杯出現，她一一安置好，一面說：「老師：罕走！鐵城常提著老師！」

……

蒼澤點一下頭：「我出來辦事，剛好車輪破風，補好，就過來坐一下！」

「老師眞客氣！鐵城若是調皮，不規矩，請老師直說。」

蒼澤道：

「鐵城眞難得！是好孩子，我眞放心！」

聽說如此，夫婦二人才放鬆下來，齊說道：

「多謝老師教導！」

蒼澤道：

「你們有他——和妹妹，使人歆羨！」

說到這裡，他看了鐵夢一眼，也不知誰給她取這樣的名字，沒人有的！

她正在摸那一堆刨刀蕎，在城市，有錢人家這個年齡的小孩，在學鋼琴、跳芭蕾舞、補英文、數學……她卻因爲父、祖受迫、害，間接受創，在這個他相信找不出玩具的屋內，陪著父親的謀生工具，把弄而已！

……

水源一直少言語，只是靜靜坐著，聽妻子和老師說話，看到刨刀時，便說：

「鐵夢，去洗手!!」

……

鐵夢未動，兀自蹲在原處，將刨刀花捲成細條，想編做什麼，小手動作著，薄羽般的材花偶有斷裂，她即放捨，繼續翻找適合者！

水源的妻子也說：

「妳先準備上下午班，那些物，我掃好後不會倒掉，妳放學回來再做！」

……

學校因爲教室不夠，三年級以下，分上、下午班上課；蒼澤看鐵夢看了他一眼，才緩緩離開，便道：

「教室不夠，一直是問題，孩子其實早晨學習，效率、精神較好，我們做老師的，也很慚愧……」

他一面說，將茶水喝完，一面起身告辭。

兩夫妻送到門口；蒼澤與水源，各自感慨：

當年變異，二人同爲孤雛，卻是各自天涯，生分如陌路！

二人都說：

「今日才得相識！」

「枉費當年一同受苦！」

「希望日後無嫌，時常相找！」

……

二個男人說著，互相用力握手，久久沒放……

離開黃水源家具行，蒼澤只向前，一路用力踩車，他深知自己從腹內，一直到咽喉、鼻、眼，都酸楚不能止：

從小到大，他還不曾爲自己的遭遇眞正哭過；一樣的事故，二個不同的女人，有這樣迥異的反應：

他母親和阿嬤，以女性特有的生命韌度，完滿的托護住自己；他不是沒受傷，但她們幫他減到最輕微！

而水源、水霖，因爲是那般剛烈的母親，不止幼年失怙，那般的好資質，被硬按下來，他們到底受幾重傷害？

……

蒼澤想著水源所受的屈辱和磨難；他才大自己四、五歲吧?!早婚的關係，鐵城都這麼大了！

當他每日淸晨，打開店門，靜默做著養活這一家的工作，隻字不提過往，在滿頭面木屑的當下，揮刨刀的手同時拭汗：

生命所有加諸身上的，這個男人都咬牙撑住！也因爲這樣，他的不發一語，反而是一種最強的控訴!!

他的身影和面部表情以及每個動作，才是叫天地晃搖的眞正控訴！

……

出莊外，蒼澤的腳才慢下來：

這些時，他不會再看到春枝；春枝早在半年前出嫁，兩家辦喜事的盛大車隊，也同樣困住過他！

他在要轉進小巷路時，聽見鳴炮聲，人一怔住，本能的抬頭看，新娘盛妝著，自大門出來，正要跨進黑亮、氣派的大型轎車。

春枝可能遠遠即看到他，也可能沒有；二年前，當他載她一程，之後互道珍重，他們已將各自的心事，作最完滿的結局！

他自己……可能還留存很小很小的一點感傷，極淡的一道心事，但隨著時間過去，他愈感動，並且佩服春枝的聰慧！

因此，當他看到她是一個新娘時，從最內心湧出的一句話，竟然是：

「謝謝妳給我的東西！希望妳過得幸福、快樂！」

……

她當然聽不到；但蒼澤覺得：自己已經說了。

此時，春枝已不再是他的心事，他現在的心事是：黃水源兄弟，以及鐵城、鐵夢。

春枝變成那式不注意，就無人看出的傷口；雖然那個痕跡也曾經大痛過！

在快到學校前，他看到知理：

知理是錦菊姨的女兒，自小他就看到錦菊姨，因和父母是故舊，雖無血緣，和母親的交情有如姊妹。

知理一向稱他邱老師，他則叫她名字；二人的輩分，嚴格說不似兄妹，卻又有些像兄妹！

「邱老師——」

知理看到他，將她擔裡的便當找出，笑道：「阿姨說，你昨天的飯盒未帶回，她今日重買新的！」

蒼澤想起道：

「是啊！昨日回家甚趕！竟然忘記！」

知理笑道：

「阿姨交代：你今日回去，新、舊兩個，都得帶回！不行忘記，我先走了。」

「多謝妳。」

……

知理搖著手，加快腳步離開，因爲下課鐘剛響起！

蒼澤看著她，心上難免感慨：知理可以算是白水湖的一景！

她每天十一點開始，挑起扁擔，沿著大街，將家家、戶戶，就讀國小高年級學生的便當，集放在她的前、後二個竹籃，然後一步路，十滴汗的挑到學校；她並無特別高壯，只是圓潤，豐滿，骨架也比他人大一些。

爲了對抗日頭，她時常一身曬鹽女子的裝扮，長及肩的粗布手套，頭上戴著斗笠，外罩大花布巾……，整個臉，遮去三分之一。

差不多每個白水湖人，都看過她在大毒日頭下，快步大伐的行走節奏！偶有小耽誤，爲了等某家、誰人小孩的便當，若有延遲，她還是會在後半途中加速快走，以趕在十二點下課鐘響的當時，將溫熱的便當，送到每個饑腸咕嚕的孩子手上！

她還要夠聰明；誰家、那個便當，從不弄混、記錯……

當然，衆人也看過：她送完便當，兩個籃仔相疊，一肩扛著的輕鬆模樣；因爲長年運動，她的兩隻小腿，特別健碩結實！

不論來、去，她那雙腳踏在土地上的勞動身影，才是眞正的生活者！

在愈來愈多墮入風塵的女子，分辯著自己的無奈時，任何與知理擦身而過的人，總會從內心疼惜起這樣的白水湖女兒！

每個月，她只收人家六十元；像蒼澤那一分，她母女二人原是堅持不收，他和母親自然反對！

「知理這樣辛苦，如果不收，誰吃得下飯？只好自己回家！」

……

母女這才無異議；提起錢，他母親說起一事：白水湖有個會頭，標走所有的會，連夜搬走，只悄悄將知理的八千塊留在她家；衆人議論：

「知理的錢，是一粒汗、一粒汗換的！」

「誰若敢倒，吃會飽、睏入眠，我也輸他！」

「不是逐日魚魚、肉肉？」

「會好，也未久啦！」

……

白水湖這幾年，偶爾會有這一類風波，老一輩的，開始感嘆：

「人心變壞了！」

他阿嬤也說：「早三十年，白水湖人撿到錢，最最煩惱，也免吃，也免睏，比那個人還操煩。」

……

蒼澤回教室時，學生一個個正掀開便當，一屋內的飯香……，他一坐下，鐵城已走到身旁來：

「老師，您的信！」

他把信壓在一堆收齊的作業本下，蒼澤看他小心取出，置於桌上。

他看一眼，正是他二叔寄的！

「謝謝，我吃過再看！」

……

鐵城返身要走，蒼澤又問：

「你吃飯沒？是妹妹送的？」

鐵城有個奇寬的前額，臉上是陽光印子混著紅潤膚色，笑起來時，兩顆大門牙非常明顯、特別：

「鐵夢只送到昨天！今天是那個知理阿姨送的！」

「哦！」

說到這裡，他突然附著蒼澤耳邊，小聲道：

「媽媽說，再過半年，阿姨就會嫁給水霖叔。以後我得叫伊阿嬸！」

「那，很好，你快回座位吃飯，不要冷了！」

……

鐵城回去後，蒼澤自己也開始吃飯；這二年，他習慣在教室和學生一起午餐；教員休息室，愈是難得停留！

飯後。

有人小睡，有人到教室外走動、說話。鐵城又走到他身旁來：

「老師——」

他換了一臉心事：「知理阿姨如果嫁阿叔，就得替他看店，或者像我媽媽有一堆事……那她還能再送嗎？那小朋友怎麼辦？」

蒼澤笑道：

「老師也不能回答這個問題！」

……

鐵城想想，又說：「如果這樣：那還是——叫阿叔不要娶她！」

蒼澤笑道：

「鐵城！你不需要煩惱這種問題！阿姨如果決定結婚，她自有打算！你就相信她的人和她的打算就好！」

……

「即使不能做，白水湖說不定有另一個阿姨，會做這工作！」

「我也愛她做我的阿嬸！」

……

鐵城終於放心回去午睡！

蒼澤找出剪刀和信，將封口鉸開：

這大半年，他永定叔、嬸回白水湖二次，大部分時間在台北：他們原有意將日本的工作告一段落，因阿嬸娘家在北部，也有兄弟開業做醫生，種種人事有關等，就與那裡的親友商量、籌畫！

永定叔回來，每次都講相同的話：

「當初——離開白水湖，一身出外，是懷抱著怎樣的美夢!?」

「是爲著日後回來，再看故鄉美麗的海水；少年的我，以爲人的經濟富裕，手頭不缺，才能優閒過日！」

「現在，我已年近六十，錢項免煩惱，才發覺自己的夢，早就碎去！」

「當我返來，我已經找無原先的海水；港灣每日進出的船隻用油，匯成一股黑流……」

……

「彼，才是我流下的目矢！」

信很短，寥寥數行——

蒼澤賢侄如晤：

叔今夜班機偕汝嬸母飛日。返台乙事，暫止勿議。

古人曾言：殺父之仇，不共戴天。兄弟之仇，不反兵。

是說：不和他同此天地。甚至明知：打未贏他，也免回頭去找救兵，只要路上相遇，就扭打、拚命。

叔，無用之人，每住此間日久，身心日灼，再奔天涯，豈一聲無奈所表矣?!

叔　永定手筆

信看完，一直到黃昏回家，蒼澤的心情都沈重不能觸摸！

從三歲開始，他已經背負它二十五年！它曾經沒日沒夜，堵住他的胸口，不只不能呼吸、喘氣，甚至像酸液相似，一點一滴咬穿他！

不僅水源兄弟，他相信事件所有的當事人，都是這樣一塊巨石塞心胸；而這樣一塊大石頭，他不忍也不想鐵城、鐵夢他們繼續扛著！

但是：

只要事情的眞相，還被隱藏、遮蓋，只要想欺瞞世間人的任何一股勢力，還在文飾，塗抹……他們的大石頭，是要放也放不下來!!

……

晚飯後。

他在書房內，聽著母親與阿嬤在廳裡的對話，再聽下去，竟與自己有關：

「這張相片，妳看怎樣？」

「咦！很有人緣，眞甜！」

「永淑寄人這張相，說是她們岸內國校的老師，要給蒼澤看！」

……

「阿澤今年二十七、八了，自己不去交女朋友，他阿姑比他還煩惱！」

「現在人，很少相親，我看，由他自己去！」

「我看；他並沒想這方面的大誌！」

「可能緣分未到！」

「我這個歲，存這項掛在心頭。」

「……昨早洗衫，他內袋有一封小姐的信！」

「眞實的？妳也不趁早講我知！」

「才開始！莫問一堆，你知他個性！」

「也不知幾歲？下頦圓抑尖？別項沒要緊，這項上重要，最好圓下頦，老來他就知！」

……

「是！按怎熟識的？」

「我還未問；信封寫鹿港國校，我臆：可能前次去台北參加敎師研習會，若無，他並沒出外，也沒去過彼所在！」

……

蒼澤本來在看書，聽著，聽著，竟然看不下去，他開始回想雪津給他的印象！

她正是那種看一眼，即會被看出是小學老師的模樣！

報到時，他看見雪津，才想起她和自己同一班火車到台北，下車後，一起出月台，後來各自坐車，彎彎、繞繞，又赴同一目的地——

研習會期，二人小有認識，但都是放不到心上的話、語。一直到會期結束，二人竟買著隔號車票！

火車要離開台北的那一剎那間，雪津問他：

「我是不愛台北的，你呢!?」

他說：

「我談不上任何感覺；妳的原因，又是什麼？」

……

原來雪津二舅，二十五歲那年，也爲著相同的事件，在台北遇害——

當蒼澤告訴她：

自己正是事件的受害者時，他可以感覺：二人在極短時間裡，連成一線。

但，微妙的不是這些，而是彰化即將到時，雪津在準備下車前，與他說的那句話！

她說：

「我們苦等的，是眞相大白於天下的這一天；希望大家都勇敢的活著！」

……

是的，就這句話，闖入他心裡！阿嬤、母親、永定叔、嬸、小姑、他，還有水源兄弟和鐵城他們，不都是苦苦在等？

8.

知理記得她嫁給水霖，好像才是昨日的事，誰知一目睨、一下手，二十年就過去!?

水霖退伍回來是廿三歲，第二年，就在他家舊址開店；她昔時廿二，每日早起幫母親賣菜，中午送小學生的飯當，每天從他店門前過，一天、二天，一月、二月，一季、二季……，一個年都快過完，有一天：

他不知按怎在她的竹籃內揹一封片信，大概是她放下擔仔，到小巷路拿便當時！她到送完百餘個飯盒，才看到他寫的幾個字：

小姐，我可以請妳看店嗎？

……

她那時，也不知是誰，又無姓名，以爲是什麼無聊男子變把戲，看過即丟落學校的垃圾桶。

過一個月；同款的紙，同體的字又出現，她將它收起，前前後後，她收著六、七張，包括頭前揉掉的。

到後來，水霖開始寫毛筆字！

小姐，請妳替我看顧店，好嗎？

……

知理如今想來好笑，昔時，她整個面，蒙遮去三分之一，只留目睭、鼻孔，那個人到底在愜意什麼？

婚後，她問他，水霖說：

「妳沒聽過這句話哦？懾到頂腹蓋（註），會吃未消化！」

懾到頂腹蓋：整句比喻中意到了極點。

……

當她收齊十來張，正不知該如何時，水霖來買菜！

彼時節，冬瓜當出，他每隔二天，來買一斤冬瓜；一般白水湖男人，少有買菜，她當然就多看他二眼；那時，她只知這個人，在街頂開電器行，也未盡知底細，當下不知按怎，二人攏有一些面紅——

買冬瓜，一向得加送老薑，水霖偏偏還她！

她講：

「煮這項，一定得摻薑，若無，甚冷。台灣頭走到台灣尾，衆人皆知！」

……

他一聽，伸手提走，但是多放五角銀！

知他心性以後，她就先將薑的錢扣掉，再講價數，如此無事。三月日過，冬瓜已盡，高麗菜大出，他就未曾再來。這般又過半年，無片無墨。

有一天：

値著大陣雨，她穿棕簑、戴竹笠，到校門口時，看到他穿塑膠雨衣，推著腳踏車，若在等人！

她當然不知他爲誰去？

便當送完，再出校門，她走幾步，發覺這個人跟在身後；她繼續走，雨陣愈大，水霖忽的快步到她身旁，講一句：

「我載妳——」

……

知理差一點兒暈去；大到二十四歲，她還未遇過這款事，這種大誌！

就在她還楞神時，水霖將她的竹籃置於車前方，籃仔甚大，遮去大半個車輪——

他跨上座，將扁擔半置籃內，半擱他肩頭，然後叫她坐在後座！

……

知理大概想了三十秒，就側坐上去，……雨那麼大，她不坐，是要怎樣？將扁擔搶回來？

以前舊式的車較結實，眞眞正正叫做鐵馬，四頭飽塡，全無虛華。

她坐上水霖的車，開始將那些紙、字，跟這個人聯想一處……

二人並未講話，一路雨催愈緊，一陣夾帶一陣，全無停歇，也不知他按怎踏車？知理在滿頭面的雨水裡，內心起一陣惜意：

一直到庄外即要入街，雨才轉細，她堅持要各自回去，他才停車，由她下來！

以後：

一遇雨天，他就在校門等；幾個月過去，她自然與母親提起，有這個人，有一些事！

她母親說：

「這個少年仔，是眞感心，人看來也實在，沒得嫌；就是他老母，罕得和人講話、開講……不知好款待否？」

……

她當時並無意見，她母親又說：

「他已經有兄嫂！若是叵（註①）剃頭，應該有閒話傳出來，也並無聽見哩!!」

……

她母親後來去水霖大哥的店買家具，熟識他大嫂以後，對二人往來，就無意見

但，菜市場衆人，盡是紅目有仔——湊鬧熱，皆來出主意：

「妳知理這乖，若遇著惡阿家（註②），全白水湖不就怨嘆死？」

---

①叵：ㄆㄛˇ，無法，不好做之事。《後漢書》：大耳兒，最叵信。「叵剃頭」比喻：這人不好溝通！

②阿家：婦謂夫之母。《北齊書》：天保時，顯祖嘗問樂安公主：「達拏於汝何似？」答曰：「甚相敬，惟阿家憎兒。」

「對啦！那有媳婦講阿家不是!?若有，妳也沒得聽！」

「得去她外家探！才有眞實話語——」

……

三人四嘴，果然那些人不知怎變步，找到大嫂外家七嬸八姆婆，傳回來的話是：

「這個阿家眞性格，新婦時，有關規矩先和妳講乎淸楚；以後就萬項無管！」

「知理是點燈兒火找的，伊也找無孔榫，算伊子識！」

……

這事以後，水霖家託媒人來講，伊前腳才走，另一個媒人也到，提的是白水湖人人叫阿舍的一個財主：

想著這項，知理就氣：有妻有女，竟然嫌他牽手未生後生！

市場衆人議論：

「這，敢是人講的話？」

「錢冣，也無輸贏！」

「聘金一百萬，另外一家布店由知理扞，錦菊仔會乎氣死，講伊在嫁女兒，不是賣女兒——」

……

因爲這件事，水霖他們盡快來提親，是他母親、大舅、兄、嫂等人。她家，十萬聘金未收，只吃六十盒大餅。

括訂以後，到二人結婚，前後才三個月：這段期間，還是大嫂買菜，婆婆只來過一次！

伊，彼時五十六，只大素卻姨一歲，全身上、下，總是滄桑，獨獨兩個眼睛不願老！

水霖還替她訂做一種二輪改裝手推車，送飯盒時，人只要來回一遭，肩頭免出力，省事不少。

結婚前，她自水霖那裡，探詢婆婆對這項的意見，隔天——伊找人少時，來到市場和她談，伊講：

「這事，妳問我看法，是尊存我：這是粗重事，若疼媳婦，照講不甘妳在毒日頭下煎！」

……

「但是一堆學生仔要吃飯，臨時不送，人欲怎樣呢？」

知理自己思想：也是有理！

「這話給妳做參考，要，不，由妳自己掠主意，若有人肯做，妳那手車讓他，那是最好！」

她這一說，知理又有些無主張。

「婚後若有身，這項總是做未久！」

這二十年，她與婆婆內、外無第二句話，除了她深深明白，伊少年時，與素卻姨相同，受那種不是人受的苦，她想來不忍，不甘她受苦，很自然，想對伊好，另外一點，就是當年伊和自己講的這些話。

伊算是顧她的！

婆婆說得眞準，婚後第二個月，她就懷鐵彰，連三頓飯都煮未全，膾，吐得要落去，免想搡車，也好佳哉，手車趁早讓給一個厝邊，她從此無心事，全精神和水霖顧家、看店。

……

今兒早，知理因爲洗著水霖一件舊夾克，正是當年下雨，他第一遍載她時穿的！

就是這項舊物，一個早起，知理竟然三想四想，未停之！

水霖這些年，整個人放大一號，原先的舊衫褲，好料身，她就留給二個後生，較差的，或者車做桌巾、拭布，總是有用！

單單這領夾克，他好天，壞天，不時罩著。

這二年，洗衣機全換作單槽的，挏（註）下就免管它，但是知理習慣將腌臢處先用手洗過。

她公公出事前開診所，整個厝宅也寬也長，前頭二兄弟隔一堵壁開店，後院庭未分，一大家人，洗褲披衫，都會見著！

原先的一口井，枯荒在那，很早就牽管用水道水。

早起：

知理也看到阿娥，娣姒二人，還閒談說話，她回身找物，再出來時，即沒見著人影，一竹竿的衫，老早披好，腳、手兒眞快！

……

知理用力搓著衣衫手肘處以及袖口、領圍，每次水霖送貨出去，回來就是一身一命！

一堆浮沫，隨著她的動作起起、落落，忽聚忽散，忽有忽無……

她一時想到：

自己十一、二歲時，洗著一家大、小衣服的狀況；又聯想起：二個男孩在台

挏：ㄉㄨㄥˋ，福州一帶謂上擲下曰挏。

北，換下的衫褲，得自己洗，未知——

好不容易，一盆子衣物清好，挏入槽內，知理接好插頭，按下開關，事項就交給機器去操心，自己回屋內吃早飯。

這二年——

鐵彰、鐵記前後考上大學，都到台北讀冊，存她和水霖，還有婆婆三人，婆婆每月輪流在兩兄弟處吃飯，其實無差別：

水源大哥早成家，水霖一直和母親住！

初來時，她還一個心肝吊著，總是阿家、媳婦的戰爭，不管時都聽見，但是未久，她就知：婆婆是一個少年甚操心，老來不愛管事的人！

水霖還講，未婚前，婆婆即和二兄弟講明這條原則：

事前看清，事後莫吵，愈吵愈早弄家散宅！

……

伊還言明在先：

「你自己去交，有適當，我贊成：不合的，我撼（註）頭，若你不聽堅持要，

撼：ㄏㄢˋ，搖也。《唐書》：不爲勢權所撼。

我也沒意見，未阻擋；總是，人生，各人試各人的鹹淡滋味！」

因爲這句話，她問水霖，伊對她按怎表示？

水霖頭先不講：

「妳臆看！」

……

她假作不睬他，他後來自己就講一堆：

「妳逐日（註）自門口過，是媽媽自己看戲意，逐日叫我寫片信，招妳散步、趨陶——」

飯桌邊只有婆婆一人，水霖早吃飽在店頭前，用過的碗、箸橫在那兒。

婆婆叫她：

「妳也趕緊來吃，等了冷去！」

「好啊！那瞇來!!」

知理坐近桌前，添碗加箸，盛著糜，才扒入口，又說：

「今日的蕃薯紅心的，五號種的，煮熟堪若卵仁！」

婆婆也說：

逐日：每日、按日。《元曲》：我逐日把你相試。

「有比黃心的好吃！我看水霖多添半碗；存這，妳敢會飽？」

知理連說：

「有夠!!有夠!!」

……

婆婆沒講話，又將鍋內的大半碗添給她，知理沒得閃，都把它吃了！

「前遭沒看到這種，今日若有，得多買二斤。」

「對啊！對。」婆婆也附聲贊成。

飯後，知理洗好碗碟，又到後院披衫，全部妥當，一看時間：已經差五分九點：

她找出籃仔，準備買菜，皮包裡一張五百塊，應該有夠，她走到店前，水霖正低頭修電扇，葉片上的汙黑抹得一手……

「我去買菜！」

她說一聲，也不知他有無聽入耳，自己就出門來：

菜市場離店面只有二分鐘的路，她母親已經七十了，也有十幾年沒賣菜，二個小弟，弟婦都在郵局、衛生所上班，攤位老早讓人！

市場在她，比灶下還較熟，知理平日來去，都是平般心情，誰知這一走到，人差一點兒楞去：

這邊看過來，這邊看過去，整個菜市場已經散市，賣魚的現在有三個攤位，都在洗魚架兒！

賣肉的，老早不是水龍伯他們，而是外地來的二個少年兄弟，二人正收著一綑豬刀，弄出很大的聲來。

……

知理不敢信自己的眼睛，伸手看錶：不是才九點三分！敢是錶兒故障？

「啊，是幾點，你們賣到無半項?!」

兩兄弟笑道：

「妳眞沒窗光！這時陣才來!?」

「昨晚滿天落銀票……妳沒揀著!?」

……

知理無以爲應，白生一隻嘴，一個舌；這時，也有婦人才到，一看情形，就說：

「是饑荒用搶的!?」

她說著，看一下知理的菜籃，一時間和她同病相憐起來：

「水霖嫂，妳也買無乎？」

知理道：

「是啊，也不知啥天年？有錢買無物？」

婦人說：

「我就臆知：今日一定這款，所以提早半點鐘出門，竟然無伊法！」

知理一時聽無：

「哦？」

「他們是有分給我，我想：提這種錢，有吃也生無肌膚，一定壞腹肚！」

……

「衆人卻說：不提！敢是妳老爸老母生妳大戇呆？有錢不曉用！我提也不得，不提也不得！」

講了半天，知理才想到這事：原來明日要選舉。

她嫁水霖以來，每隔三、五年，就有一個選舉，原先是香皂、味素、彩色鍋；這二年換做現金……未嫁以前，選舉的傳言，常會聽到，結婚後才變少了：因爲水霖家和素卻姨他們，椿腳們向來不走腳到；知曉她二家都有一個緣由！

知理氣極，罵道：

「他們在印銀票？揚出去，不欲收回？後日兒，不知誰要淒慘？」

婦人也說：

「是啊，吃到一肚橫橫，那有意思！」

說著，兩人都走到素料攤位，買了豆皮、腐竹，又選了二把青菜。

知理道：

「這天清胃腸：也無人規定，每日得吃魚、吃肉！」

婦人附聲：

「往日白水湖一個錢伯仔人，留這句話：早吃早返去，沒吃沒大誌。」

二人結伴回來，經過里長處，看到一大群人，小探一下，原來黑貓丹與媳婦互相打得頭破血流；正鬧著要休要離……。婦人也擠入去看鬧熱；知理沒興趣，自己一人回家。

一進門，水霖看伊表情，問道：

「妳是吃到膨餅麼？」

……

知理不言，先回屋內洗面沖水，又倒溫罐的茶潤喉，再倒一杯到店前給水霖，這才自己開口：

「現時才有聲；方才咽喉壞矣！」

……

結婚這久，知理從來沒這種怪形狀，水霖也心知有事，且聽她說下去：

「七早、八早，豬砧光溜溜，連豬皮都無，你臆啥大誌!?」

水霖道：

「禁屠！」

「才不是！」

水霖又道：

「是：宰豬的娶媳婦，自己厝內欲用！」

知理道：

「你莫亂講！」

「是買物免錢，大家用搶的！」

知理道：

「正正給你料到！免錢，是免用自己的錢；也不知用誰的？以後欠誰的賬？」

水霖一聽，停住不說，知理以爲他修物件，心思不在這，誰知這人忽然一句：

「好好的嘴，何必講這些人!!」

……

知理沒話說，走回灶下，正看見阿娥背影，她在水槽邊放一條小三層肉——

「阿嫂！」

阿娥回身過來，說：

「我想妳晚出門，可能買無半項！我八點二十到，只買到這，留一半——」

……

知理找著錢袋，手還未伸入，阿娥伸手將她擋回，一面輕聲罵道：

「妳要笑死人是否？」

……

阿娥回去後，知理開始洗米煮午飯；每次看她阿嫂，她總會想到鐵城兄妹：

鐵城從小到大，沒拿過第二名，連大學畢業都是；做阿兵哥，退伍，二十五出國，四年半拿到博士。

鐵城出遠門七年，從未回轉，有時寄來美國片信，衆人就歡喜半天。

後來，分局的警察才來講：

「你們黃鐵城，在美國，時常批評我們的政府，當然不行返來！」

……

「你們最好寫信，叫他莫罵！」

知理不知，鐵城到底批評什麼；但她明白，自她當年送便當給他，到後來嫁水霖，他叫她一聲阿嬸，到他出國前，自小到大，她所看到的鐵城，一直都是誠信、正直的白水湖好子弟！

像：今日菜市內的大誌，連她都氣，何況鐵城！

鐵夢大學畢業是全校第三名，本來欲出國，想想又多做二年事，賺一些錢，自已輕鬆，家裡也無負擔。這幾年，都在台北，過年才看到人——孩子一走遠，也不知底時回來，這幾年，她愈來愈了解她阿嫂的心事；她自己那二個，再過三、五年，也是走這條路，也是相同的問題！

她不知出國對他們兄弟，甚至對他們夫妻，代表啥款意義？她只感覺：嫁水霖以後，連心肝都不是自己的了。

……

昨日：

她在郵局遇著素卻姨，伊提著小包，欲寄什麼給台北的二個孫子。

她婚後第二年，邱老師娶一個鹿港小姐，圓圓的下頦，笑起來眞可愛；學生都叫伊：顏老師！

顏老師腳快手快，一遍生雙胎，老阿媽有夠歡喜！

二個後生和鐵記同齡，今年全考上前三志願：一個土木、一個資訊、一個資管。

她自己弄不清，那在做啥，只知一個在砌厝、一個做電腦、一個管人做頭！

……

邱老師現在已經是校長，早該改口：她時常卻換不過來。

他做校長第二年，學校周邊整地，學生掘著白骨，一層層往上報，整個白水湖被掩遮的一個痛處，突然掀開來；

邱大哥通知水源、水霖兄弟，二家人齊齊趕到現場，連她母親都去！先到的有警察、記者、引魂人和鎮公所職員。揀骨的師傅，依照民間習俗，吩咐家屬撐起黑傘，遮住頭面骨，以防陽光直曝。

事過四十餘年，二個白水湖好漢，俱成枯骨……

一面揀，她和母親陪著婆婆和素卻姨無聲吞淚；所有的夢，在這堆鐵證下，碎滅去！

她公公整個身軀是趴倒的，由後頭骨向上，看出來；眼鏡落在一邊，框早就歪歪不成形。

邱大哥的父親，是靠一個錶殼確認無誤，二人相距不到一尺——

素卻姨提起：那個手錶因爲前一天故障不走，本該送修；差錯過去，因此靠它辨認。

衆人都知：當時狀況，所有能用物都被剝走、不留存。

……

在看到屍骨的一瞬間，知理也明白過來，自當年到現在，婆婆是怎樣在和這個世間拚鬥，剎那間，她了解了她全部的心情！

她阿嫂外家在近郊的東耳寮，出白水湖二、三里，……遺骨揀好，水源的老丈人，提供十八坪旱地，二家合議各自在那造墓、安葬。

……

自此以後，二家情誼更是不同：

邱大哥時常來找水源，也會過這邊店面小坐，與水霖和她開講，總是愈老，愈知什麼可貴。

……

想來好笑，水源、水霖，這二個月，竟爲一事相爭；做大兄是講：

他的囝仔大了，鐵城兄妹不時會寄錢回來，他有做、無做，都好過日！這二年，他也不再做木，只擺樣品、型錄，人客若看中意，打電話訂貨，大賣工廠抑是中盤商，就會送來，輕鬆不少，卻是——

水霖和她，鐵彰兄弟才大二、大一，正當要用錢……就提起：

不如老母一年透天在他那邊吃！

做大哥是一片好意，誰知水霖竟說：

老母寄你飼；我的腹肚乾脆也寄你吃，看會飽否？

水源夫婦此後即無再提。

她過後唸水霖；

「講什麼話?!那有飯寄人吃的？」

水霖道：

「是啊！飯若不行寄人吃，老母那有寄人飼的？」

他這一說，知理一時定住，說不出半句。

「那，都是各人的大誌，未得相替!!」

說的也是，知理只有聽的份！

「除非有一天，飯若也行寄人吃，老母才有寄人的理！」

……

一個下晡，知理就東想西想，一堆過往像水湧，未收煞……

到晚來欲睏，她牽著婆婆入房；樓下只有婆婆一間內房，她和水霖，和囝仔的，全在二樓。

當初，做這種決定，就是不放心伊爬高爬低！

老人坐在床頭，已經有睏意，知理替伊擬好蚊罩，又看四周有無隙縫，才給伊躺身入內：

也不知為何，連十一月天也有蚊仔？

她已經替婆婆掛了二十年的蚊罩，也無論冷、熱、寒、暑，老人已經習慣，一日無這，就睏未落息。

婆媳起先還講二句話：

「……舅公下月日娶孫媳婦。」

「鐵夢過年前會回來！」

「伊有寫信講伊出國延期，另外換學校。」

「我也這久沒看到她——不知變怎樣？」

……

後來，知理沒聽見回應，只有鼻息聲。

看伊闔起雙眼，知理可以了解：

活著，曾經是多麼艱難的一件事!!而躺著的這個人，就是那樣拚過來的！

……

她問過水霖：

「你國小第一名畢業，媽媽卻反對你繼續升學，在做學徒吃苦，雙手黑墨墨時，你怨嘆誰？」

水霖說：

「我學修電器、線路，至多電著、手疼、沒算啥大苦，水源較可憐……他得揹師傅厝裡的囝仔，一面做工，囝仔若放尿，師娘買菜不在，抑是按怎沒來替換，他時常一領衫，濕穿到乾，乾又穿到濕……彼時，他才十五、六歲——人生有苦否？」

水霖每次講到這，知理就難忍哭起來；他講一回，她哭一回！

後來水霖就不愛再講。

他只說：

「我母親有伊的缺點，但是我們都只想這項……」

……

「父親出事以後，她沒再嫁，像桶箍箍住木片，這個家才沒四散……我們兄弟才未分離……」

他說這些，她也哭。

「這點，妳一定要了解！」

……

知理在小學課本讀過「驚弓之鳥」，她想：婆婆正是這隻鳥兒！

伊不知：在那種時局未明，一路讀書下去，看到不公不義，就會開口評論，是不是會再製造一個悲劇？

伊不敢再做試驗，伊眞實是膽寒！

……

婆婆已經七十六，也不知還能和她做夥多久？想到這，知理一陣心灼：

伊一日活過一日，就爲了人世還伊一個公道；像素卻姨，也已經七十五，而伊的婆婆，那個老先生媽，已經九十餘——

連她都有些忘記，自己眞正幾歲，好像九十五，抑是九十六……

她們這般苦苦活著，就在等眞相大白的那一天……

那一天，底時到呢！

9.

鐵夢接到帖時，手在顫；她強作鎮靜，將它弄開！從頭到尾，她看了二遍，一個字沒漏掉：

陳允亮
王妍妍
於一九九〇年六月三日在芝加哥市河濱教堂舉行婚禮。
特此敬告
諸親好友

她閉起眼來，想著允亮做新郎的樣子，然後睜開，將紅帖對準字紙簍，一丟

——這些時，才二個半月吧!?老總有七、八個大會議，由她代表出席，又配合開發部門上個月新產品說明……她根本未去注意，遠在伊利諾的允亮，起怎樣的身心變化!?……

允亮大她一屆，二人都是登山社會員，不時在活動中心遇著，她後來又參加晨曦社，喜歡聽佛學講座和有關書刊。

大四時，他已畢業，一個禮拜有三封信來：

如果現在，她當然知道他無聊，但當時她沒有能力看清事相……二人很快好起！

畢業後，她做過一年助教，碰巧他第二年的預官在台北，二人在一起的時間愈多，更是親密：

但，那種親密，常止於某種狀況，再下去，她就跳開——

「爲什麼？」

「因爲我是白水湖人！白水湖女孩只在婚後 touch 性！」

……

爲了這個原因，二人彼此悶過一、兩個月不講話，不連絡。

這其實就是二人之間的大迴異，但她當時不懂！

早先鐵夢想得簡單，他出去一年，她隨後到；這家世界級電腦公司在台北的分公司，整個制度、年薪、福利，都叫她做這種選擇！

——多一些積蓄，出去不必打工，學位可以早些念完！

現在已經五月下旬，她原本六月初就會提辭呈，出國的種種準備，也都一一進行。

沒想到允亮先來這麼一張紙帖！

這三個月，彼此就有些異樣，剛到時，他一週二通電話，半年後，改成一通，甚至一張ＦＡＸ……上個月，二人竟在電話裡差些吵起來，她只問：

「最近忙什麼，怎沒動靜？」

他居然回一句：

「男人，那裡快樂，就往那裡去！」

……

如果她夠清醒，他講這句話時，她就應該知道：彼此間出現怎樣的狀況？

鎮日與機器為伍，有時人會變得少用思考，她那時也不是全沒感覺，只是沒有餘力去深究，也相信：有時深究往往變做另一種傷害，因為代表彼此不相信！

做學生時，她住第九女舍，同室一個物理系的學姊，畢業前留下這句話：

「男人，其實不太禁得起寂寞，妳們不要拿他們做實驗做太久！」

如今，做出這樣一個實驗，她有些想哭，又感到著實好笑！

這個變易的時代，她聽過一百個以上類似的故事，可沒想到：自己也淹沒在這個相同又俗氣的結局！

往後，二個星期：

鐵夢平靜的結束了原先的工作，公司衆人早知她要出國拿學位，只提早半個月離職，也不意外。

早先，她申請和他相同的學校，這一來，喜帖打亂整個計畫，而今，第一個浮上心頭的是：

暫時不出國，她實在不想再看這人！美國的學校一堆，她可以再申請，明年再走！

第二是：

逃離台北——什麼都不做，什麼都不想，無論如何，就是離開！

這日。

鐵夢退了房租，沒用、有用的東西，都做了處理，所有可以不要的物件，她都丟掉，包括二人合影的一些照片和往來書信……

撕了一上午，幾年的情感變成一堆垃圾，人生夠無常吧!?

忙亂半天，只留下一大一小二個行李，在離開台北的前際，她想到這麼幾個人：

她先回學校，到五、六宿舍看鐵彰、鐵記，留了五千元給二個堂弟，也帶了水果去看邱蒼澤老師的兩個小孩！

然後她開著車，在校內繞一圈；平時，外車不可隨意進入，但她認得校警，又押了駕照——

她在共同教室附近停下，忍不住走進土壤肥料組那個小白門；以前，她和允亮會在這裡相約，……小徑直走，四周遍栽楓、槭樹，最盡頭有株老桃，三月時，整棵上、下，怕有一千朵桃花，也不知為何，此際桃木已伐，連根都無，只留一個桃塚！

老天！老天!!

她竟是來憑弔一段桃事……

走出小門，鐵夢同時將前塵與桃花一起掩埋！

在行政大樓前，她撥了電話給沈月照老師；鐵夢從大三起，修過伊幾門課，當助教時，又常被安排替沈先生印講義，改考卷，登記學生分數。

系裡的女教授本來就少，伊又未婚，五十歲的人，單來獨往；有二次，因為暈眩，鐵夢陪著，去衛生組看病、領藥，又送伊回住處！

有時人出國開會，鐵夢也去過溫州街宿舍幫伊看家，……如此種種，二人維持著既是師生，又兼同事，又像姊妹的情誼。

電話裡，她未言詳情，只說：

「要離開台北了，想去跟老師道別。」

月照在電話那頭道：

「我今天煮雜菜麵，妳要來吃晚飯否？」

「好啊，好——」

掛下電話，她轉出校外，先在新生南路的小巷買了老師愛吃的水果，才找著舊路前來。

這一帶，她幾番過往，盡是不同心情；也曾經與允亮牽手而過，也送過老師回家，或者來拿成績。

這裡，學人宿舍和普通宿舍毗鄰，巷、弄裡常看到學校老師，偶爾碰上一個，被認出來，就喊一聲：

「黃鐵夢！」

鐵夢有自己的型；她剪著齊眉劉海，兩個眼睛黑漆一般，又是沒人有的一個名字，教過的人，很難忘記。

她到時，月照早盛好兩大碗麵，就著電扇，正在吹涼！

天氣是放暑假前那種悶熱，沒人有它的法!!沈先生和她又都不愛吹冷氣，二人還眞有相同處！

鐵夢自己到灶下拿竹箸，又替老師拿了一雙，二人對坐著吃麵，電風扇，搖過來搖過去。

才喝一口湯，鐵夢直稱讚：

「眞好吃！」

月照笑道：

「我小妹前幾日來，跟她現學的!!香菇一定得用薑爆過，不然涼底！蒂頭得切掉，老輩的人說蒂頭毒。」

……

吃完麵，鐵夢搶著去洗碗，又一一置好，回客廳時，月照已泡好茶。

二人對飲茶水，做老師的問：

「幾時的飛機？差不多都辦好了吧!?」

這一問，鐵夢喉間一緊：

「電話裡我說不清楚——」

便將收到帖子的經過，前後說一遍。

……

聽她說完，月照靜默半晌，才再開口：

「我自己從做學生時，即很清楚：自己只適合做研究工作。而學術工作，往往使人很難兼顧婚姻！當然也有很多全能者，但我不行！」

……

「這也是我當初一直不敢沾染感情的原因。」

聽她這樣講，鐵夢一直無語。

「除了深知自己的性向，還有一點，在國外時，我看過太多太多受傷的婚姻。你們在一起才多久？真正的認識不到二年；我很多同學甚至戀愛了十來年才結婚，照樣是離婚收場。——」

講到這裡，鐵夢忽地插入一句：

「我這些年也聽了不少這類的故事，自己做一個結論，也不知對否？——離婚跟人的想法有關，跟婚前的認識長短無關！」

月照道：

「妳講這句話，我整個放心下來，可見妳不亂心，一直保持冷靜在看事！當初，我就發覺妳有這項特質；可能也是學理工的女孩比較特別的地方！」

……

鐵夢反而無語。

月照又問：

「現在打算怎樣？」

鐵夢想一下，才說：

「先離開台北，到山上住一陣，我參加過佛學夏令營，認識寺裡的師父，老住台北，心都僵硬了！」

「然後呢？」

「學校重新申請，我不想與那人同校……一切重新開始！」

……

二人靜默一會。鐵夢想著還要上路，不好久留，於是起身相辭：

「多謝老師！我該走了！」

月照問：

「現在也不早：八點半，妳到那裡？」

鐵夢道：

「是埔里的蓮花寺——」

月照說：

「妳去散心是很好，可是一個女孩子，開車直到大半夜，還是叫人擔心！」

……

「尤其後半段是山路，我愈想愈不妥當，不如在這兒休息一晚，明早再出發，妳說好嗎？」

「我是怕麻煩老師——」

月照笑道：

「妳難得來！以後也不在台北，再見面不容易啊！我們就多說一些！」

鐵夢道：

「多謝老師！我一心逃離台北，匆促想出這麼一條路線，這叫有勇無謀吧！」

……

事一轉緩，二人又投身回椅墊，這才輕鬆下來；月照道：

「剛才提到我妹妹，我來說她的故事：我叫月照，她叫月塘；小時候，我常跟家裡長輩抗議：說她的名字比較好聽，月塘就說：她的跟我換——」

……

「我的祖父是教私塾的漢學先生，對文字相當敏銳，我可惜沒有這方面的遺傳，月塘就有，她讀語文，是賓州大學比較文學博士。」

鐵夢屏息聽著；

「我忘記講，我們眞的對換過名字，彼此互相叫著，不到一個月，我就不想換了：原來自己名字好聽！」

「月照、月塘，都很好聽！」

「月塘有好幾年，一直是研究寒山詩的……，妳聽過這麼一個人嗎？」

鐵夢道：

「我是在晨曦社的刊物上，看過他和拾得的事跡和所寫的偈，好像：拾得是被撿到國清寺的，寒山則住天台山的山岩，常去寺中灶下找拾得……，二人講的話，衆人都不知意思：他們看豬看牛，都能叫出牠前世的名字。」

月照也道：

「月塘就爲了這個因緣、典故，開始讀佛經！她曾經提起：這二人到山腳下，看見村人辦喜事，呵笑道：你看，他娶他祖母，吃他姑、姨；她還念一首偈，我是記不起來！」

鐵夢道：

「我因爲印象很深，所以記得：

可嘆衆生苦，
孫兒娶祖母；
六親鍋內滾，
牛羊座上坐。

……

月照又道：

「就是這首偈！月塘看後，開始全素，說她再沒辦法吃任何肉！」

鐵夢道：

「書上提到：他二人是大菩薩示現，看穿的是前、後際的生死！」

「但是父母尚在，她又說不動二老點頭，就一直未落髮！但這些年，我看她的心老早出家！」

……

鐵夢無有話；月照想想又說：

「對啊！妳不是要上山，可以去她那裡！」

鐵夢道：

「我也想看她呢！」

「她在石岡，大寂寺，我幾個姑婆，就是祖父的一些妹妹，當年都未嫁，在寺裡出家！原先以爲她只像找著論文題目，鑽進去三、五年即好，她三十一歲回國，至今十五年了，居然還講一句：一萬隻牛也拉她不出的！」

「藕益大師講過這句話：『萬牛莫挽』。」

「上次來，她送我一幅水墨畫，妳要看麼？」

……

月照這一問，鐵夢跟她走到書房，果然牆上新掛一幅猴兒騎牛圖！

近前再看，旁邊題著幾個字：

獼猴騎土牛。

拾得

月照看她看得認眞，笑道：

「月塘常說：我們人，心如猿猴，縱橫上下，七驅八策，無一刻定著。但身似土牛，……土牛那堪這般傾翻？」

「正是——」

「結果是忙亂一場，分崩離散！」

那晚：

一直到躺身在床，鐵夢竟然想的是那隻：簡略幾筆即勾勒出來的水墨猴仔——

她也想起：曾經綁她甚緊的公司業務、會議紀錄，種種議題，從前，耗盡心力工作，自視甚重，也頗有成就之感，現在呢？

人離開，很快有人取代妳，公司照常運作，自己並無原先想的那樣重要！

……

至於允亮——

她只在意念裡小閃一下這麼個人，隨即淡掉，天，她差些跑到國外要去嫁他!?

第二天。

鐵夢很早即到巷口買豆漿、烙餅，回來後，忍不住又去書房看那猴仔一眼。

月照才起來，正要看報，鐵夢一面置好早餐，一面說是：

「老師，我有新發現！」

月照道：

「一定是關於猴仔！」

鐵夢即笑又止：

「也對，也不對，書上說：寒山即文殊；普賢拾得子，文殊是諸菩薩裡智慧第一，我看拾得也是不得了！只用五個字，輕勢一撥，幾千年來，衆人說不清的，竟然透徹見底！……人的心念，眞的像猴仔，而身體是土做的，禁不起——怎麼比喻得這麼好!?」

月照道：

「月塘常說這句話：順境則樂，逆境則嗔。……人，其實是被事相折磨死的！」

二人說著，也吃完早頓，月照又將地圖和詳細資料，一一交與，鐵夢也把大行李和存摺一併寄放。

出發前，月照和她走到大門口，看她發車，又講一句：

「到了打電話！」

「我會，老師。」

「自己凡事小心。」

「也請老師珍重！」

……

鐵夢一上高速公路，已經九點整：

她這輛喜美，是當助教時，有個洪教授應聘國外，讓她的，雖是二手車，倒很順手，有兩次過年，她還開回白水湖。

……

南、北二路往來的車輛如織，鐵夢不敢大意，找著妥當的車子，一路跟著，一有大卡車切入，即換車道，如此一路無事，直到下豐原交流道。

再下去該走省道三號公路，她卻沿途找著一家餐館坐下：

小計時間，到時，至少十二點過半，說不定一點多！寺裡的正規是持午的，肚子的事，不該令師父們起煩惱心！

她叫了一碗素麵；店裡沒別的顧客，老闆還在準備他的午飯生意，才十一點五分，他大概奇怪：這人吃得這早？

爐火燒得正紅，上置的大鍋內，一鼎滾開沸水……他跑過來，跑過去，拿起已揀好羽毛的雞身，這樣一丟——

……

從省公路到土牛國小前，果然如圖所示是兩排龍眼樹！她正要停車，心中一事浮起，又將車往前百來尺，正是一家修車行！

她人在山上，車子三、五個月不發動！下來時，怎麼回去？

說明來意後，老闆答允定期保養，只收六百元。鐵夢拿了收據，這才離開。

她慢步往山下走去，經過國小的後門圍牆，因爲有嘈雜聲，本來也無意停下觀望，也不知爲何，竟是佇立不動。

鐵夢看到路旁有個石塊，便站上去，這一探，原來人家辦迎娶之事，正借了場地設宴：

麥克風放著巨大聲響，賀客們輪番鬧著……

鐵夢遠遠看著一堆人正在吃、喝……此際：

她不該是想著這事，想起那二人；但她偏偏想的正是：

天台山下，看到村人辦喜事的那二人！

……

鐵夢寧可想這樣的禪偈：

文殊與我攜水去，

普賢猶未折花來——

……

她彎了兩個坡道，才開始上山。

路旁起步處，有個指標，「大寂寺」三個字，寫得小而謙卑，不注意看，就忽略過去：

沿著石階上去，前後盡是景致，月桃花的香味，瀰漫其間，小小的流水聲，也不知從那兒傳來，鐵夢這一走，以前登山社的活力，好像全回來！

她一步步向前，心裡忽然想起：

剛才的三個字——

那不是沈月塘的字嗎？她題在沈先生書房內的水墨猴子邊的，不就是那個體！

正想著心意如猿的比喻，竟然就走到分岔路來：

右邊是平坡路，不知連到那村？那里？另一頭則往寺裡的上山小道。

鐵夢繼續沿石階上去，起步處，她又看到這麼小小一塊木牌：

智不住三有；

悲不住寂滅。

三有即三界；欲界，色界，無色界。……以菩薩的法眼，阿羅漢的慧眼看下來：三界盡是衆生共業幻成。等於爲著未能紓解的一堆情緒，自己搭了戲台要演！

月塘的字，看似柔軟，卻又屹立！未知是怎樣的內心境界？

她小站一會，向前又走：

悲不住寂滅——悲爲什麼不住寂滅（涅槃）——到她下山時，再經過此處，她又是怎樣的體解？

想到這裡，抬頭一看，兩個老姊妹橫在前頭石階，一個兀坐不動，一個指著對方揶笑不止……看到鐵夢走近，二人都小些面紅；坐著那個趕緊找鞋來穿，鐵夢看伊手上提一雙帶絆的有跟涼鞋，要穿不穿！

站著的說是：

「這時陣才來?!……我是七早八早即出門——」

鐵夢先是不經心，再一聽！伊竟是對她講的！

拿鞋比腳的那個，鞋也不套進去，大概腳走痛了，要穿實在不情願，只對鐵夢訕訕笑著，面上是孩童表情，二個眼睛被擠得沒看見，說道：

「後遍來，我不穿這雙啊!!」

……

在這時刻，鐵夢確定：自己不在台北！

都市人是不會在山中小徑與擦身而過的人，講起她今日的心事！

除非在白水湖！在石岡！在……

尤其那個鬆散的笑容，……相較之下，緊繃著全身過日，實是至可悲憫的生活方式！

「再見，阿姆！」

閃身之後，鐵夢往上直走，再回頭時，已無二人身影。

又走幾步，腳開始有疲意，方才吃麵的能量，都用盡了！她停住腳，正想坐下，後面隨即有個老者趕上來——

他，半頭灰髮，一身輕便，肩後揹個大袋。

鐵夢看他時而將袋仔置放肩頭，兩手相扶，時而又揹到背脊上，輪流出力：

「阿伯，你去大寂寺？」

「是啊！我自東勢來，這次車班慢！」

會身時，鐵夢扶一下那袋仔，老人腳步快，正是趕路的走法，才一剎間，二人已隔離好遠！

但是那觸覺，還停在她指尖上！那是一大袋米!!

鐵夢已經忘了腳痠這事，她沿著老人足跡上去，他眞的滴汗在石階……一滴、二滴、三滴，她沿途數著，到後來，也不知太陽大，曬沒了，還是他已擦去！

這一段路程，她盡想起這麼一句：

前世負米上庵門——

他不像米店夥計，該是個優閒養靜之人！就因爲他不說：

我揹米到寺裡。

鐵夢相信：他做這事，不著在善因福報裡，他只是一個護法者，深知山中諸事。

……山門終於看到了！

這一路上，也有風吹也有汗，往下看：大甲溪蜿蜒而過，溪床，河谷，盡屬大地。

她回身看另一面岩壁，整片攀滿藤葛、枝葉，近處、遠方，全是山色、溪聲。

寺聳立半山上，看近卻遠，幾番以爲到了，它老是不即不離的！

不知多久過去，總算走到山門前！

鐵夢且坐到石頭上，先喘幾口氣，這才注意到：往後有幾處石碑，刻著已風化的字跡：

前塵後際，見來時路，知身大苦，還等龜剝殼；
諸緣幻化，夢棲止境，心空常寂，且做究竟人。

莫待成牛，前村吃草去，
直心了卻，溪後有水聲。

……

看到這裡，鐵夢更清楚：自己身置閒處！

午後的山中寂寂，時有鳥語，摻夾著蟬音斷續。小坐後，鐵夢再站起，繼續向前。

沒多久，大寂寺倏然放大幾百倍般，現在面前；鐵夢走近大殿，先在西側水檯洗淨手、面，然後直入裡內行禮。

她先問訊，然後做禮佛三拜；這一參，出自內心的大讚歎：

佛是自塵劫修行完滿的丈夫，証知諸事幻成，因而不受苦逼。卻又不捨衆生受罪如此，一本一本的佛經，正是剖心深囑。

當她跨過門檻，看到殿裡巨大的佛菩薩金身時，鐵夢感覺：

自己在一寸寸的縮小！

從前社團的老師，是文學院哲學系的比丘尼教授，伊告知大家：

禮佛這一參拜，是在折掉自身的貢高、我慢，……世人常在塵勞中，不知不覺，放大他自己！

……

再起身時，她又繞佛數遭，然後出殿外來：

經過東側的知客室前，她想起該向沈先生說一聲，便找出零錢，來打投幣電話：

先是答錄機接聽，鐵夢對著機器說了二句，沈先生才有回音；

「老師，我人到了！」

「找著月塘無？」

「我在門口；她在寺裡。」

「無事即好！」

……

說完，正掛下話筒，二個著灰衣的尼師，自她眼前走過，鐵夢趕緊向前相問：

「有個沈月塘師姊，不知在否？我從台北來，是她姊姊的學生。」

……

二個尼師對望一下，其中一個說：

「阿彌陀佛——請這邊走！」

鐵夢跟著念一聲佛號，隨著較瘦小的尼師往內走，先彎幾處迴廊，又上二層階梯，才到一個小門前：

帶路的師父叩二聲門，無有回應；二人正沒主張，只見長廊另頭，又來二位尼師，其中一人，以手示意什麼，再比著另個方向直指。

於是換另一位年輕尼師帶她，先迴下石階，彎彎繞繞，也不知幾上幾下，只往後寮房走，一看鐵夢有些跟不上，便放慢腳步，道：

「昨日，有個大學才畢業的女孩，從台中來，一直要落髮，……正在苦勸呢！」

……

鐵夢一時無話，便說：

「妳來這兒多久？習慣否？」

年輕的尼師道：

「我二十歲時和姊姊來的，已經六、七年；母親在生最小的妹妹時往生，到我們長大，覺知做女人的苦，又無意婚姻、情愛，種種繫縛，就上山了！」

「哦！」

「現在回頭想，那樣的起心是不對的；佛門那裡是人逃脫、避難的所在？當時事，只能算是學佛的一個因緣和初機！」

……

……

說著，二人在一處寮房前止步，年輕的尼師叩門：

「誰人？門未閂，請入！」

聽到回應，尼師細聲道：

「我前頭還有事，妳自己進去。」

說著小步離去。鐵夢再三點頭致意，便伸手推門：

她看到的沈月塘，穿著居士服，直髮齊耳，素淨的面容，透出生命本質的顏色與光澤。

不知爲何，在看到她的一剎間，鐵夢想起，禪宗的偈子來：

我來問道無餘話；
雲在青天水在瓶。

這些年，她在台北，所知所學，盡是浮面上的東西，而此時，她見到的是：生命的最深際，最內層。

禪宗所以不立文字，原來眞正的感動是說不出來。

月塘身邊的女孩，腮上還有淚珠，見她進來，手一拭，臉同時別過去。

鐵夢忙說：

「我是黃鐵夢，是沈月照老師的學生！對不住，請繼續談，我到外面等。」

月塘道：

「妳不必出去，我知妳要來，姊姊今早來過電話。請坐!!」

「是——」

「她叫澄惠，是我遠房姪女，都不是外人。」

……

屋內二張小木床，各佔著角落相對向，她二人都坐床頭，鐵夢便扶著屋內唯一的柴椅坐下；月塘又說：

「有一些話，我正要跟澄惠說，妳如果在場，也不必特別避開，如果對妳有用，就不必重講一遍！」

「是！」

月塘於是繼續與女孩說道：

「——阿姑也年輕過，知道感情出岔是怎樣一件事，可是妳的觀念有些混淆；空門這個空字，是十方諸佛，經累劫累世，修、証而悟知，那裡成了感情受創後，用來遁入的？」

……

「在這種狀況想落髮，佛門實在是遭到曲解，……師父是不會答應的！」

女孩低頭垂聽，手巾捂住鼻，嘴，只是咿唔聲；月塘又說：

「當然！妳來一陣，把心鬆綁也好，昨天我拿來的那些書妳慢慢看，心境若轉，才能了知父母苦心。」

鐵夢覺得：這些話也是對自己講的！

「過一陣子，家裡的人會來接妳，得有心理準備才好！……我帶鐵夢到另一間房！」

「知曉。」

月塘說著，向屋外走；鐵夢人跟著她出來，才到門口，澄惠追著二人，手上握著書，說是：

「這本我已看完，不知這位姊姊要看否？」

……

月塘接過書來，又遞給鐵夢，二人繼續走，月塘先問：

「我帶妳去打投幣電話，省得月照擔心！」

鐵夢道：

「我初到寺門口，已經打了！」

「哦！那就好！」

書名是：《密勒日巴傳記》——鐵夢才要看，月塘已在另個門前停住，原來她與澄惠只隔一個房間。月塘取出一圈鎖匙，找著其中一支，開了進去。

屋內鋪設與前兩無差別，月塘先將二面窗戶打開，又開了後門：

「這兒下去，階梯走到底，小彎轉，有一排水槽，可以洗衣物。旁邊是曬衣所在，直走就看到浴室。」

鐵夢連連說好。

「妳遠路來，休歇一下，有事找我，澄惠知所在！」

「感謝——」

月塘待要走開，看到她放在桌上的書，說道：

「它寫一個西藏修行人的事，我第一次看時，眞正……哭倒於地，不能自已！」

……

鐵夢小動著唇角，應不出半句，她鎮定自己，好一會，再移腳步時，月塘已掩了門出去。

伊一走，她人挨桌坐下，全副精神要來讀書，剎那間，排山倒海的蟬聲，乍時響起：

初到時，太陽正猛，蟬兒大概也是愛睏、顚倒，只那麼三、二隻咿哎哼著……

這會，或許午睡飽眠，趕緊扯開聲喉，好補前段空白處！

鐵夢就在一片蟬音聲裡，讀著《密勒日巴》。……讀著，讀著，澄惠偏偏來敲門：

「四點半是「藥石」時間，阿姑交代和妳一起去！」

……哦！

她知：出家衆通常過午不食，有因身體不堪受的，若用晚餐，只稱此名。

二人結伴到齋堂，各自取碗添飯，每桌十人爲滿，澄惠與她，湊到一桌只坐六人的，此時月塘也來，勉強加到九人，於是開動。

月塘又介紹其中二位阿婆道：

「這二位老菩薩和妳二人隔壁；伊是我阿姊學生，愛聽佛經。」

「眞好哦！這少年即知！莫待我這老時！」

……

阿婆一誇，鐵夢正在自省，再看，桌上擺著純素的四菜一湯……第一次，面對食物，她生出慚愧和恭敬心來！

禪宗的祖師，常有一句話，提醒弟子：「揀幾莖菜，搬幾捆柴。」

連六祖都做破柴、舂米的大供養……。而她，不費一絲氣力，卻享這樣的福分！

她剎間了解：灶下的種種工作，淨是菩薩行。做的是供養的事，成全了福、慧命。這樣的角落，正是世間金錢，堆不到的位置！

任誰付再多的錢，她都只能付著很小的一部分……大多數是她付不起的，在實質上，她是虧欠的!!

當下，鐵夢想到：

今晚將書看完，明日起，她開始到灶下，多少湊手腳……連拾得都在國清寺洗碗，自己有多大福份，這般用它?？

飯後，她欲收碗去洗，誰知衆人無一個肯！

「不敢——」

「慚愧……」

「無有這個理！」

「不好啦！」

……

結果是人人各自洗好，放回大竹籃覆著，才一一離開，因她事先講明要找月塘，澄惠即與阿婆結伴而去。

鐵夢跟著月塘，小步走著，至人少處，月塘想起問道：

「妳，書未看完嚒？」

鐵夢道：

「才不到三分之一。」

月塘又說：

「晚課是六點半到八點，只念佛號，妳能來麼？」

……

鐵夢略想才說：「我現在心不專一！等《密勒日巴》讀完！」

月塘道：

「也是！也是！我自己從前一本書未看完，不可能做別件事！」

……

鐵夢被說中，有些不好意思！

月塘又說：

「明晚，師父要講《華嚴經》……可別錯過！」

……

鐵夢知道：

華嚴是佛法的眞髓，是菩薩的課程，一般人聽不入耳，多半拂衣而去！

她略想，說是：

「慚愧，我每每想聽，唯恐根基不夠——」

月塘道：

「妳知道祖師大德常提一句：非思量處可思量；……經義其實不是用世間聰智理解的，妳把所有雜念放下，只把它聽入耳，不強作世間解，久了自有體會處。」

「正是——」

說完，月塘唸了佛號，即要離開。

鐵夢又問：

「還有，我不能白吃十方的飯，很想交一點錢，不知怎麼做適當？」

月塘一聽，停腳道：

「除非妳想長住，只是五天十天，倒也無妨，如果心理有負擔，隨意添個香油好了！」

鐵夢道：

「至少……五、六個月！」

月塘道：

「這倒是我原先未想到的。」

鐵夢自手中紙袋，取出一紮錢，交給月塘：

「這是三萬塊，不知會不會太少？」

月塘道：

「寺裡前後都種菜，菜自己會長，只用些時間照看，不另外花費，只有米糧，一部分來源，是施主布施，正是十方的錢！一部分是衆人出力，像後山的水果有包商來收，算是固定收入。」

……

「以我自己爲例，來前，即沒打算離開，我帶了卅萬，師父不收，後來將它變通，存在山下的郵局，每半年利息悉數向米店訂米，按月送上。」

鐵夢道：

「我的已經少得不能少，就託師姊一併交給管事的尼師，看換多少一起送。」

月塘道：

「我明白妳的意思；但，身邊也得留一些，以應急用！不必超過二萬即可！」

「我是還有。」

……

說了半天，月塘堅持她留下一萬五，才帶她交了錢，拿著收據。

二人分手後，月塘自去準備晚課。

鐵夢心上的石頭已落地；她原先會想起：負米上庵門的老者，會想到此門中，人人盡知的千年老話：

施主一粒米，
大如須彌山；
若人不了道，
披毛戴角還！

……

施主的一粒米，果眞如須彌山，她如果沒遇著老人，看他的汗，從滴落到消失，也難有大體悟！

看月塘回寮房，鐵夢自己一人輕快回來，先找出衣物，從後門小階直下，到淋浴處。

多數尼師都已洗淨好，趨向大殿；鐵夢緩慢洗著身，心上竟無一事可想！

……

回屋後，端坐桌前，再翻開書，此時，晚課的鐘響不止，忽遠，忽近的，忽在深山中，忽又到鐵夢耳內！

她就在一片佛號裡，讀著昭如日月的心跡：

密勒日巴六、七歲喪父。其父臨終前交代無數財富，暫由兄弟、姊妹保管，等他成年才給與。

誰知：叔、姑將之吞沒，每日只給餿食，並做苦工。母親因此起嗔恨心，叫十五歲的他出外，學習西藏人的放咒，用來報復。

少年的密勒日巴，流浪在外，吃盡苦頭，學會咒術，才施展，叔、姑有事不在場，反而是路過的人和無數牛羊遭殃。

當下，他反省出自己造下多大的罪惡，立志尋找眞正的大修行者，學習眞道，以補過錯。

遇著師父後，師父不知用盡多少方法折磨他，叫他砌屋，又一一拆毀，反覆不知幾次，整個背、胸，前後潰爛。

到他開悟，才了知：沒有經過這些，他殺了三十五條人命和多少牲口的業，不能消去，修行難成就！

趕回家鄉時，母親已死，妹成乞者……當他看到叔父和姑母，當下的感覺是：面對這一生的大恩人！……

……

讀到這兒，鐵夢掩書而嘆：

「只有出三界的，才是大丈夫!!」

如果當初，他們把遺產給他，密勒日巴只是一個富翁，一個凡夫，繼續吃喝、玩樂，在生死裡造業，又渾然不知！

即使拿過錢財，幫助窮人，這屬人天小善，善惡並不相抵，至多有一世不匱乏，銀錢不缺，卻是煩惱重重……距離生命的眞實大義尙遠。

既不知生命的大苦在那，人因此胡做，非爲而不自知！

叔、姑的迫害，反而以另一種逆向的力量，助他成爲大菩薩，更容易看穿——如聚沫般的人生幻法！

……

已近子夜，晚課不知底時結束，鐵夢回想著甘露滋味，並無睡意：

密勒日巴離開師父時想哭，師父說了這麼一句話：

「哭有什麼用?這世上一切含靈、有情，都具佛性，只是他自己不知，被業纏縛，在輪迴海受生死之苦……好不容易，這一世裡得著人身，若不知趁此修行，脫去這苦，才該哭!!」

他在面對冤親，想度彼出苦，他的叔父還說：

「若是去修行，（放下這些）我才是上等的蠢呢！」

……

成道後，他常以歌謠，唱醒人心，音聲繞著西藏的高山上：

是故應捨諸遠慮；
此心無復念今生。

不知覺中，鐵夢眞的在一片音聲海裡睏過去……。直到山海一般的蟬嘶，再度將她包圍，睜開眼，四周通亮，已是隔日清晨：

六點五分，早課應已結束！

鐵夢匆匆起來，換衣，漱洗，然後往灶下疾走，早齋六點半，這個時才去，該做的，師父們不都做好了!?

只好去提菜！

才到灶房走廊，果然六、七人正搬動幾個大鍋，準備往齋堂；鐵夢伸手分工，一面說：

「師父們好有福報，每天供養這麼多人，也分我一份!!」

當下，一堆人回她一句：

「阿彌陀佛——」

……

衆人於是各自分工，每桶菜，十來斤重，由兩個人合提；與鐵夢一組的，是個高腳、壯碩的尼師，鐵夢問她：

「中午的準備工作，我會趁早來，一定趕赴著！請問大家幾點來到？」

尼師道：

「差不多九點半！可以慢十餘分。」

「我一定來報到！」

鐵夢來回這二趟，都看見月塘與澄惠；她二人抱著柴薪往灶間堆放，因爲是背影，沒去驚動人家，倒是有二句讀過的禪偈，浮上眼前：

山中無別事，

運水與搬柴。

……

接著早齋，九人又圍一桌，用前，衆口先唸「臨齋儀」，然後是「食時五觀」：

1. 計功多少，量彼來處。
2. 忖己德行，全缺應供。
3. 防心離過，貪等爲宗。
4. 正事良藥，爲療形枯。
5. 爲成道業，方受此食。

「爲成道業，方受此食」，唸到第五觀，鐵夢已經淚流滿面，哽咽不能言……

她想到在大都會裏，雞、鴨、魚、肉，人人食前方丈，自言富足；而眼前的清糜、素菜，是叢林清規下的自省謙遜。

她撥著米粒往唇舌間，淚水只是不能止……。

也不知多久過去，從此，大寂寺裏，人人認得一個「念食時五觀」即大哭的女子——

往後三個月，鐵夢每日都往灶、廚來：

灶間總共四人，二個是專業的出家師父，各式素食都在行，聽說圓頂前即學過怎麼煮素菜，另外二個助理，是寺裏年輕一輩的尼師，每個月輪流。

連她在內的五個人，每人都有自己學佛的因緣和故事：

眾人稱「自來師」的大師傅，年已近六十，全身圓團團，面如滿月，嘴角常保持笑容：

「你信否？我四十歲時上山，像樹頂那隻！」

……

鐵夢是很難相信，再聽她提起過去：

「十五歲以前，養母每天打，無一日好過，二十以後出嫁，翁婿則是拳加腳；有一次，爲著買他的配酒菜延誤，追到市場，打得齒血、鼻血一身。」

彼時，師父正好路過，將她扶起，講了一句：

「妳這苦——不知要念佛？」

……

師父離開後，她忍著一身疼痛，跛腳，一拐一拐，跟著師父寸步難捨。一直跟到山下，忍不住抱著師父痛哭：

她要求出家，師父自然不肯！

「佛門不是避難所！」

……

她當時心無主張，問了一句：

「不然呢？」

師父開示道：

「人要學習，轉自己的內識、內心，不與苦相應，佛法就是教妳這些！」

……

師父問知她有一子，公婆已故，交代等他二十成年，入伍當兵，義務了盡再提。這二年，教她歛心念佛，善根迴向。

也就是這二年，「自來師」開始學做素菜，每日離染！

每每說到這裏，她會搖頭感嘆：

「二年一過，沒人相信，一個浪蕩子，是怎樣自頭換到尾！」

聽的人，一個個也是無限感慨……

「他眞實惡習盡去，收腳洗手！」

衆人聽得講不出半句話來，

「一回頭，他還想做世間的恩愛夫妻，那有可能呢！」

說到這裡，衆人也是同意，都點頭不停。

「我卻是看破腳手，看出破綻！人就是這樣到世間來的；再陷下去，苦無出期，恩怨相疊，一世一世來，演著一棚一棚的戲，心有所繫，業力強牽，……幾時了呢？我避都不及，還要做此苦事？」

……

「上山前，他竟然流淚！妳信否？他以爲我怨嘆他過往種種，我才不是！」

……

「師父說過：伊若直接去度我，我還不一定聽入耳，還黏著這呢！像蛆抱矢（註），不甘放呢！」「他才是度妳的人!!」「得感謝！」

……

「原先，我只知娑婆苦，一心出離，被師父說了一番：

『佛菩薩早免輪迴，還是一遭遭來，爲著不捨我們……妳不能自己跑掉，丟下一堆人不管；「爲利衆生，願修諸行」，成佛不是爲了自身解脫，是因爲到達八地菩薩以上境界，才有般若智，度不同根器諸含識——如果只知修行，沒有大願，不發無上菩提心，後出世只是個有錢勢的人；動機若不對，甚至到魔天去……苦行若換一場人間富貴，正是：山中無衲子，世間無將相。如果這樣，沒有意思!!』」

……

另外一個「了因師」，正是二師傅，三十五歲那年聽經，聞法，聽師父說到：釋迦牟尼佛昔爲歌利王支解肢體時，未起嗔心，說一句：我成佛，先度你。當下起

矢：ㄕˇ，同屎。《史記·廉頗傳》：頃之，三遺矢矣。

大反省心，決心學佛。三、二年內，受盡先生反諷，一直到四十一時，在家拜懺，拜至半夜，看到碗大的田螺，一隻隻吸附在腳上，怎樣跺也不掉落。之後，問起事由，先生大驚，這才回憶：

六、七歲時，逢著戰爭、空襲，家中斷炊，母親就到苗栗深山，挖回一堆像碗一般大的田螺，天！天，已經幾十年過去，它的業識仍不消失，逕在等著對方福份微薄用盡時?!

……

夫婦二人，當下了知，經上所述：「縱經百千劫，所做業不亡」的話眞實不虛。三個月後，雙雙出家。

鐵夢聽後，問她：

「寺裡全是女衆……？」

「果然師在水里清涼寺——」

……

「了因師」雖瘦，臉上已無稜角，她輕淡提著自己的紅塵前劫，塵世生死結中的那人，轉成一個法號，這又是怎樣的絕決？

「聽了佛的話，我們只是盡早回頭，不敢在生死海裡沒出沒入；山河大地，無一不在說法，連那些田螺、蝸牛都是！」

……

鐵夢心想：

田螺們講的法，她和果然師都聽懂了；她們都及早面對問題，不等「因緣際會時，果報還自受」的那一天到來，再作怨嘆！

那她自己呢?!「了因師」的事，令她不斷去想：

人，爲什麼要在花掉所有的錢後，再去面對債務呢？

……

「自來師」和「了因師」，二人炒菜，從不試鹹淡，卻又可口、適當；衆人會問：

「師兄，底時也將功夫教我們！」

二人即道：

「那有什麼功夫？」

「佛菩薩未供以前，誰敢先吃？」

……

「自來師」俗家時的兒子，成家後來看過母親，幾次以後，伊留著他吃飯時用的竹箸，做爲紀念，偶爾想起，不免感傷。

了因師於是提醒：

「師兄，您又起煩惱心！」

……

「師父說過：有一針，一線不捨，都落輪迴，都得再來！……我們不要忙了半天又被業、緣綁來，最好是乘願來！」

當下，「自來師」將竹筷與衆人所用混合清洗，無復煩惱！

鐵夢每每聽衆人互稱師兄，總是不解；三、五次過，便問年輕的尼師：

「爲什麼是師兄呢？她不是女的嗎？」

尼師正色回答道：

「我們都已經是大丈夫了——」

……

這樣一句話，她在心上盤了一日夜，也總算明白：

自己開了半天車，跑這麼遠的路，不就是爲著來聽這句話的嗎？

……

除了廚務，她也參加晚課，聽師父講一系列的《華嚴經》：

說一切有悉皆如夢。

說諸欲樂無有滋味。

知諸衆生皆無有我。
知一切聲悉皆如響。
知一切色悉皆如影。

……

大抵一千個人聽經，即有一千種註解，因爲衆生往往照自身境界，生出許多意思，也因此佛法著實難說，但不說又不行！……師父是七十上下的比丘尼，不過精神、體力都似五十歲的人，當她講這句話時：

「不要枉得一次人身，莫要辜負妳前世的修行；只有聰明沒有用，經裏說的『雖慧莫能了』啊！」

鐵夢會全身顫抖！

……

一百天過去，她的臉更圓，體重增加，心中實在無事可放：

每日六點起，只能去抬菜；澄惠已被母親接回，現在是她和月塘搬柴。……每個下午，才是她留給自己的時間——看經，或者到菜園澆水，有時月塘也去。

慢慢的，她也跟著在齋日持午，體力和精神反而更好；後來知道「過午不食」的原意在於悲憫，更是確定方向不疑！

早起是諸天食，中午是佛和人道，鬼道只在臨晚才用；餓鬼道諸生靈因前世多計謀人，慳貪、吝嗇，又不惜食物，受無物可食或到手即壞的果報，在聽著傍晚人間鏗鏘炒菜聲，碗碟聲，愈是痛苦。

古代的許多高僧，當修行至某種境界，餓鬼道哀哀呻吟的聲音貫耳不絕，過午不食，就出自內心的至忱與不忍——陪著餓肚子。

她問過月塘，除此之外呢？

月塘這樣說：

「整個宇宙就是一個音聲海；佛講經的音聲，阿修羅打仗的械鬥，人間的癡纏、競爭……都飄過耳際，只是我們凡夫心昧聽不見……。玄奘法師第一個收的大弟子：窺基大師，不是連床下一隻斷腳蝨子唉叫一夜，都歷歷在耳嗎？」「還有，寺裡早、晚課的鐘聲特別久，是師父慈悲，地獄的獄卒，在聽著寺院鐘聲時，會停住手和刑具，暫止不罰。」

她們常在午後的菜園遇著，除了澆水，月塘也將自身的法喜分與她：

人的六根追著塵境走，因爲一世又一世累積，六、七識早勾入無數妄想意念，全堆在第八識裏。

人類每完成一個所謂「夢想」，常得攀無數外緣，才能完成；往後這些幻緣，又得一一去歷——因此塵勞、奔波，可以想見！

「但，因爲是幻生幻成，實質並無，只賺一頓疲累而已！祖師有過一句：往來三界疲極，覺悟生死如夢。……」

鐵夢恍然道：

「我們凡夫死便死了，後世不知前生，不能做總檢討；他們因爲是一世一世連著看，有些像回顧展！」

月塘又道：

「做學生時，我們都讀過『知止而後有定』，但諸多追求，幾個停得下來？如果不是經義講得這般微細，我大概還在有爲法裏捨身忘命！」

鐵夢無語——

「妳看過圓籠內的松鼠嗎？牠跑了十圈、百圈，卻還在原位撥弄，只是枉受心苦。」

從唯識、止觀、禪宗到淨土，月塘無不深入：

空，爲什麼是空？

「空是諸緣會合，不具有能獨自存在的單一本質！就像這些菜，從種子、土壤、陽光、水，缺一則生命現象即無！以此比喻，世間人、物、事相，盡同此理，都只是五分之一，十分之一，甚至萬分之一。空亦不作『無』解，是不長駐，停留；宗喀巴也說：未曾有一法，不是因緣起。」

「既是性空、緣起，菩薩深知一切法無我，因此苦、樂不受！」

鐵夢心想：

幾分之幾的原因、由來，拼成一幅現象，暫住如露，一過交集處，每個因子各自抽退，一點不具體，要叫誰受？……師父才會說：有為法如雲，智者不能信。

月塘又道：

「菩薩因為斷了見、思二惑及塵沙惑，是不流淚的，如果有淚，也是為衆生流的！經上說『別淚成海』：衆生無始劫來，輪迴六道，受無量苦，所流的淚水，淹成大海……卻又不明所以：苦從何來？」

鐵夢靜默一會，方說：

「這二天正讀《楞嚴經》，讀到第三卷——阿難尊者對佛的偈頌；流了一夜的淚：

妙湛總持不動尊，
首楞嚴王世希有；
銷我億劫顛倒想，
不歷僧祇獲法身。
……

伏請世尊爲證明，
五濁惡世誓先入，
如一衆生未成佛，
終不於此取泥洹。」

……

她念偈頌時，本來看著遠方的山頭，三、二分過去，月塘都無回聲，才把頭低下，只見一滴滴淚水，雨簾一般，紛紛落土……

她定定看著地面上米豆大小的濕潤，逐漸擴散，才意識到：原來二人都在流淚。

不知多久過去，雙雙都停止了，鐵夢才說：

「說來慚愧；從前，我甚至分不清菩薩、神仙。」

月塘道：

「神仙覺得他在做善事：舊的傳奇小說不是寫——上天界、仙山，得積三千善行。因爲是著相行善，福報享完，還墮輪迴！而菩薩不作人、我的分別，甚至所有功德，全部迴向十法界。……《金剛經》說：『菩薩不受福德！』」

鐵夢的眼眶又微微濕起，想著說一句：

「我讀過：有分別是識，無分別是智。也許沒有分別才是大智慧！」

月塘道：

「人身大苦，都緣於心的起落太頻，禪宗祖師指它是：『鬼家活計』！」

鐵夢道：

「就是沈老師書房裡那隻猴子!!」

月塘小笑道：

「我們凡夫，人人心上一隻。」

鐵夢道：

「也是！也是！常常管牠不聽！」

月塘道：

「累劫至今，牠自然『難調難伏』；佛法講的，就是心的對治！」

鐵夢道：

「管別人容易！管自己才難！偏偏，世上的學問，都是管別人的方法多!!」

月塘道：

「心的活動愈小，自性回到大寂無爲，眞正的智慧才會出來。得，不知無得的境界；歷代祖師就這樣証著生命如亘古長空！因爲彼此磁場一樣，不再生滅如泡，不再是一段段的生死！」

……

澄惠走後，月塘把經書，一本一本捧到鐵夢屋裡；她到臨走前一周，才讀完自己的所有功課：

一滴精血凝，虛妄執爲我；人的痛苦，就在他以爲有我！而這個「我」，卻只是前因、宿緣所衍生出來的報身，五十年或八十年，即成泡影！

如果一定要說有一個我，那是玄奘大師所指：投胎時最先到，死時諸根壞去，而後離開的八識心王——是無始劫來的生死本！

羅漢只証我空，卻執在法上，大菩薩到圓滿處則是：我空法空，諸相皆盡。

八識田中的如來藏，本質清淨無爲，當身心意識起諸多功能時，它不發揮作用！只在：心所有的造作、經營都停止時，生命的大拙才起大用！那才是生命眞正的能量!!

人爲了豢養那個假我，什麼業都敢做；爲了滿足諸根——眼、耳、鼻、舌、身、意，怎樣的因果都去揹！而眞正的寶物，棄置不顧……

蒼生啊！蒼天!!

……

這段期間，沈老師轉來一些申請表格，鐵夢先有些猶豫，月塘卻說：

「妳年輕，人世還有許多因緣……就照原先的計畫，出國或讀書，親近了佛法，諸境俱轉，會更明白，其實到那裡，都是道場！」

……

「遇到相知之人，也可以考慮婚姻，同修同參，……莫因種種，致未知者誹謗造業！」

聽了她的話，鐵夢在十月底將申請資料悉數寄出，她同時收到兩封鐵城的信！

出國迄今，鐵城沒回來過，她當然知道是怎麼一件事，給他的信，也一一經過檢查，因爲厭惡這種壓迫感，這二年，她根本不寫信。

除了賀年卡，另一張問她近況，底時出國？那個學校？

她回信只說：有事延一年，學校未定；過年會回白水湖。三月到台北辦相關手續，出國前，再和他連絡。

就這樣，鐵夢從夏天直到冬天，看盡山頭的樹葉，由青變黃。……走前一日：

她自己爬上後山頂，從最高處放眼下來：

人烟蒼茫，世事浮波……

她在空無一念之際，閃出志芝庵主的偈子：

千峰頂上一間屋，
老僧半間雲半間，

昨夜雲隨風雨去，
到頭不似老僧閒。

不知怎麼，她竟是呵呵笑起。

晚來，鐵夢隨衆人上課，師父正講《阿彌陀經》最後章節：

——爲諸衆生，說是一切世間難信之法。舍利弗，當知我於五濁惡世，行此難事，得阿耨多羅三藐三菩提，爲一切世間，說此難信之法，是爲甚難。——

聽到這裡，鐵夢驚覺自己淚留滿面。

課下後，她告別師父，也與熟識的尼師一一相辭。再回寮房時，廊下遇著阿婆：

「老菩薩，我明日回去——妳在念佛用功？」

阿婆道：

「眞慚愧，阿慢去聽經，我今日腳疼未得去！」

鐵夢看她手中數珠不斷，說是：

「妳也在精進呢！」

阿婆合十道：

「我這老，不認眞，會輸一隻鳥兒！」

「？」

看鐵夢一臉不解，阿婆又說：

「寺裡原有一隻鸚哥，自己飛來就不走，大概有人放生，牠每日早晚，只會一句：『阿彌陀佛，你好！』三年過去，眞殊勝，居然站著往生！沒倒下來，贏過一些人要去之前哀爸，叫母，爬床，抗蓆！」

……

那晚睡覺，鐵夢一直看見：阿婆與鸚哥在一處念佛；阿婆每念一聲，周界就生一朵小蓮花，然後合集成好大的蓮花，將伊和鳥兒一起托住，飄走——

而她自己，不止輸一個阿婆，還輸一隻鸚哥。

……

半夜三點許——

鐵夢一驚起，再也無法入睡；她望出窗來，天空猶是星光點點，山上一片涼意；

她加了外衣，走出門前：廊下還有小椅兩隻，昨晚與阿婆說話未收。

坐著椅身，憑靠欄杆處，遠看大殿的燈火通明：

十方所有世間燈，

最初成就菩提者；

普賢菩薩正是這樣讚嘆如來!!

她因此想起《華嚴經·普賢菩薩行願品》裡令人動容的一段經文：「……是人臨命終時，最後刹那，一切諸根悉皆散壞，一切親屬悉皆捨離，一切威勢悉皆退失，……如是一切不復相隨。唯此願王，不相捨離——」

所有的了義、究竟法，是諸佛累劫證知；此一刻時，她應該伏身下去，爲了自己曾經深深辜負!!

換衣、洗面後，鐵夢到來時，一殿的佛身皆默然。她特別在觀世音菩薩和普賢菩薩前，跪身下來，深作頂禮。

當她頭頂著地，小翻兩掌，再合起站立之際，她看到月塘：

她穿著羅漢掛，手上是隻細竹條編成的那式大掃帚，正一去一來，掃著大殿前的落葉！

「師兄——」

剎那間，鐵夢只叫了這麼一句，再說不出話來；月塘只說：

「四點一刻早課，師兄們常常搶早掃地……慚愧！」

……

鐵夢近前，將畚箕對著已聚成堆的枯葉，手一撥，再倒進旁邊大袋。

月塘如果說慚愧，那她還有什麼字、句，言說自己？

弄好前頭，二人又到殿後來；寺依山而建，後山崎嶇不甚平，大石頭參差錯置，掃帚沒得用處，二人只以雙手撿拾。

鐵夢一彎身，看到一群螞蟻沿著石頭邊沿爬過，有去有回，既搬食物又趕路，實在辛勞！

月塘看她定住，自己也停手下來：

「每次看牠們，就會想起藕益大師的偈子：

曾爲王侯爭城邑，

曾爲螻蟻喪塵土。」

……

鐵夢沒有出聲；月塘又道：

「第一次看這偈，冷汗迸了一身！」

冷汗直迸的，豈止一個月塘？

鐵夢站立原處好久，看月塘收著掃地工具，也忘記自己怎麼洗了手；直到聽見鐘響，想起這是她在寺裡唯一趕赴著的早課，便與「自來師」借了海青，列在最後排，跟著大眾頌：

《妙法蓮法經觀世音菩薩普門品》。

課後的鐘聲良久未止，她又想起月塘的話來。

早齋時：

這是她在山上最後一次的早齋，……鐵夢念著「食時五觀」……仍然沒有辦法不落淚！

離開齋堂，她緩步回寮房拿行李，出來時，看到月塘在廊下：

「我和妳到山門！」

……

除了分享法喜，月塘平日甚少言語，少言語亦是門裡功課。

鐵夢靜靜與她走在寺院，到大殿西側才停住；她放了物件，直入殿裡：

禮敬諸佛。讚嘆如來。廣修供養。懺悔業障。請轉法輪。常隨佛學。恆順眾生。普皆迴向。……這些都是普賢菩薩教她的功課！

當她再跨出門檻的同時，並未彎出廊下，卻直往大場前走：

一殿的佛菩薩，二六時中所眺望處，就是這麼一個點、面，她不能不在心！

走至盡頭處，鐵夢往下看去：

山下是蜿蜒溪水，四處有戶戶人家，極小極微，似火柴盒一般的屋舍、宅居

……

這一俯一仰，萬緣在目，眼前的山河大地，溪壑、川湍……

鐵夢恍然覺醒：

原來——衆生大怨，才是汝放身命處!!

……

她靜悄與月塘跨出寺外，一路走來無話。

鐵夢此時相信：

她的人生，如果未經這一段，如果沒有允亮和別人的結婚帖子，那才是遺憾、欠缺!!她自己也不知要忙碌到幾時方休？

兩人錯肩走著，月塘說道：

「寒山詩把我從世間夢裡叫醒，但，眞正下決心是讀到《地藏經》『旋出又入，勞斯菩薩』時的大慚愧、大懺悔！」

……

「不過，眞正確定自己：菩提道上永不退轉——是憨山大師的『但盡凡情，別作聖解』！」

鐵夢道：

「不就是師父說的經句：不作聖心，名善境界。若作聖解，即受群邪。」

月塘點頭道：

「經上說『心開如蓮』，某些體悟是很難說的……就用這幾個字，大家共勉！」

說著，已到了山門下，月塘停腳，將自己腕上念珠取下，放置鐵夢手中，說是：

「一聲佛號，攝：悟、修兩門；常念才好！」

鐵夢這時沒有半句話；月塘又道：

「此門中人，心，相皆盡；我早無世間離情！」

……

「珍重！好去!!」

她說完，略略晃動手勢，然後轉身離開。

鐵夢站在原處，一句話都無，木樁一樣，看著月塘一步步往大寂寺走，直到整個身影不見，再無回頭。

菩提珠串在手中，只是輕盈一握，但它卻是最重的!!

小小的一百零八顆菩提子相串而成；鐵夢平日看月塘將之三挽，套在手腕處，她亦見過念佛老參，無時不在手指間撥數這一式念珠；在都市的公車上，在聽經的講堂中，在念佛念出心得、功夫的隔房阿婆手裡——

而她手中這串，自有份量：

歷經十數年，梨香色的樹子，早成褐赤；月塘心念的單一和戒體的純淨，交集成今生了卻處！

……

如是一會，鐵夢的腳，還是無挪移；從她跨出大殿的那刻時起，耳內一直響著這樣音聲，這一路下來，她都聽到佛陀的殷殷囑咐：

「弟子啊，不要相信你的心！當你變成阿羅漢，你才能相信你的心!!」

（愼勿信汝意，汝意不可信，得羅漢已，始可信汝意！）

阿羅漢是諸惑已斷；人的心卻變易無常，偏偏世間人沒有一個不爲心所役！

心的最內層，最靈亮的八識田，誌公禪師指它：

不見頭，亦無手，
天地壞時渠不朽。

……

開悟的高僧是不妄語的；天地在有爲法裡，自然是成、住、壞、空。天地壞時，我們的至性眞質還完好如初，還是發光體！

人如果能知：世間人爭破頭搶著要的那些，其實不重要，那眞正要緊的，反而棄置路上，被自己踐踏而過！

如果知曉這些，人會大哭，但人無知覺；每日的勾纏、爭鬥、奔馳、紛擾……所有的聰明、巧計，代替了大拙大能——

……

這不是密勒日巴師父說的：人類眞正該大哭的事嗎？此際：

鐵夢沒有大哭，她又要回到滾燙如沸水的人世！

她將菩提子繞住手腕，開始一步步往山腳走；

上山前：

她在豐原的一處小街集，吃了一碗麵；她記得：自己是第一個上門人客，時間尚早，老闆還在準備其他菜色等物：

那人燒了一鍋水，已經滾透直響；他手上提著拔光羽毛的雞，往熱鍋內這樣丟下去！

鐵夢全身跟著震動！

不止當時，她到現在還感覺：那水是整個燙在她身上！……

也不只那雞隻，是所有的爭競、追逐者，都在那滾燙的沸水裏，頭沒，頭出！……

大寂寺幾乎就要看不見了，鐵夢止不住回頭再望一眼，如今她手上還多了一串菩提子——

佛恩，己靈，往後，她不能再辜負!!

人身難得。佛法難聞——得一世人身，且出生在有四衆弘法的地方，是多麼不易啊！她想到《法華經·譬喻品》裏有一句：

若作駱駝，或生驢中身常負重。加諸杖捶，但念水草，餘無所知，……更受蟒身……宛轉腹行。

從前，她只是略知，不曾去想：有世界以來，多少生命，受著苦楚：背著重物，還要被打，心只想著水草，什麼都不知道。或者做蛇，原來是用腹肚走路，你的肚皮摩著砂石，是痛不痛？……

相較之下，人身有這樣難得；多少生命甚至百千萬劫中，未聞佛名！未知解脫眞義！

難得，已得；難聞，已聞；聞後也未必能信，而她的這一念淨信，是所有佛菩薩護念！

感謝月塘和師父！感謝每一位弘法者！

……

下山的路，總是輕快非常！走著，走著，她老遠即看到起步處那塊木牌……經過時，她想對它會心一笑！

往下再走，阿難尊者的話又浮到眼前：

伏請世尊為證明；

五濁惡世誓先入——

……

這一剎間，鐵夢只想跪身下來，深深頂禮——

十方三世一切佛菩薩。

10.

謐靜的午休時間：

蒼澤坐在校長室裏；已經一月底，學校就要放寒假，他不經意望出窗去：那株老梧桐，才二日未加細看，已不知底時迸出幾許綠來！

雪津平時都到他這兒，二人一起吃蒸的飯盒，今日因母親有些感冒症狀，她上完第三節課，即匆匆回去。

他二十七歲那年，到台北參加教師研習會，雪津與他同班，之後連絡不斷，隔年，兩人決定廝守終身。

婚後，雪津請調到白水湖，此後二十年，大半生就這般過去！

他們有二個小孩，跟水霖，知理的小兒子同屆；三個大男生都在台北讀大學，明年畢業。

祖母在九十五歲那年過世，正是父親的遺骨被發現後第二年；父親和黃老先生骨骸，經兩家人商量，重葬在近郊的東耳寮，出白水湖不遠，三分鐘車程即看到。

叔父、阿嬸這些年也回來過，去去、來來，大多數時間在東京。他自己教了二十三年的書，這幾年換成行政工作，那麼多的學生裏，他老是會想起黃鐵城！

蒼澤自抽屜裏，翻出一張美國郵簡：

老師：

我出國近十載，未曾回轉，亦無一字一墨；人生在世，最大的無情與冷淡，不過如此！

但是——每至深夜，捫心自問，這幾年所堅持、奮鬥的，都只爲了——不欺己心，不負深恩而已。

申請回台，屢遭駁回，……老師，我可能是你教過的學生中，唯一的黑名單人士！

回想：如沐春風的白水湖國小，老師，請相信：我所有的作爲，都只是爲著繼續我們父、祖輩所堅持的一個理念而已。

學生　鐵城百拜

一九九二、九、二十八

去年，收到鐵城的信，之後，長長一個冬天，蒼澤都心情鬱滯，只要往這方面思想，他就沈悶不語。

……

雪津要進入前，看到一個學生家長走出來；等他走遠，她看蒼澤雙眉打結，便問：

「是——有事嗎？」

蒼澤道：

「他新開一家電動玩具店，這學期發覺自己孩子課業退步，要求換班！或者換老師！」

……

雪津先是沒講話，停了一下才說：「這就是世間人的顚倒！如果一件事，別人的子弟因爲它受害，自己的小孩怎能倖免!?」

蒼澤道：

「我堅持：換誰做老師都無效，請他回去想原因！」

雪津道：

「希望他能想出來！」

蒼澤又問：

「媽媽要緊嗎？」

「一點腹瀉，改吃淸糜，已經好了；倒是媽媽要我問你，說管區警察來過二遭，問我們下個月要去台北參加追悼會否，去的人數得先講！」

……

蒼澤沒說話；倒是雪津又道：

「……到不到會，又怎樣呢？如果事實不公布，所有的人不能從眞相裡學到什麼，事件很難過去的!!他們眞的不知這點!?」

說著，降旗時間已到，蒼澤丟下一句話，轉身往操場走：

「去也可以，聽聽他們還要說什麼！」

……

一九九三年二月二十八日。台北總統府舉辦了「二二八受難者追悼會」，與會者，扶老攜幼，一、二千人。

……

從台北回來後幾天，蒼澤難得開口講話，那時已是三月天——

空間，周邊，忽熱忽冷的轉換著春天欲來的訊息——有這麼二天，蒼澤都感覺自己昏沈易入夢。

這日，正值假期：

不知爲何，他忽然起個大早，看看錶，五點未到，身邊的雪津睡得正熟。

他換了衣服，推車出來！

整個白水湖幽幽、暗暗，人們大概都還做著春天的夢境未醒！

也說未出原因，蒼澤只是突發奇想，將全部的白水湖街心繞一遍：

這幾年，他們買了車，雪津也考了駕照，有時下雨天，載著母親四處走走，總是方便些！但，無事時，獨自一人騎上腳踏車，還是有許多意思！

……

同樣的鐘錶店、銀行、米店，布莊，水源兄弟的店面，回春堂已收起，他舅父老去，表兄弟搬到台中。

他從二十二騎到今年四十九，……這麼些年，人一個個變老，每幢建築物也轉作滄桑。

鐘錶店的老闆還在，只是換他兒子管店；不同的是：在這樣的大清早，每個店面都還關著，門尚未拉起；蒼澤初看時，原先熟悉的一幕幕，竟有些突兀不能相認！好像一個人忽然變臉，明明是認識的，卻又不似了！

……

經過春枝家時，他的心有時會顫那麼一下：

這麼多年來，他是見過她幾次：

幾乎都在極昏黯的夜裏，春枝穿著厚黑外套和她姊姊回來奔喪！父親之後是母親，然後伯父、母……

再有錢勢、名聲，所有的人，終究都得走一條路！

他也看過她的弟媳推著嬰兒車，慢慢出、入那戶門。

每一扇門都接進過新娘，也扛出來棺木；每一戶人家都輪流著喜喪、生死的事。

他深深吸了一口氣：

人類可以一直繁衍，但如果悲劇不會重複……

這些年，他其實難得想過春枝；在此時刻，不知怎樣，他整個心思起一種未曾有的清澈：

這一生一世，他應該感念她！

春枝是愛惜他的!!這愛，不同於人世根器所能理解和盡知！

她不拆毀他周圍的世界，在他父親的浩劫之後，那個祖孫三代活命的根基、憑靠，因爲她知道：自己的父親，會怎樣對付他！

愛，不會是單單二個人死命要在一處，而把外面的情形帶到絕境！

她那年才二十四……

春枝啊！春枝！

爲什麼她少年時即能懂得的，他自己要到接近半百，才了然於心？

我今日來流浪；
看破了愛情——

……

蒼澤想著，不自覺的哼起，當年與春枝在錶店相遇，老闆所放的那條歌曲——

……

再下去是大洋樓，空癲有雄早已作古，那無人知解的謎團和他的喃喃自語，一起收埋。

往下兩旁的房子，全在翻修、改建，有時他也無暇細看！

出庄外以後，路分兩線，一往學校，一往東耳寮，埔仔厝……

他是會想到：二人去看電影的那個小村落——

騎著，蒼澤先向學校轉，然後突然來個大反向，沒多久，在兩個小土堆前停住：

夜晚的水氣未盡，墳上的小草尚沾露珠，天要光不光！

他在四處繞著，找來幾株小野菊，各供在二座石碑前：

「父親，還有黃前輩，我來看您們——」

……

二月底的會，水源等人沒有參加；從台北回來，蒼澤就更清楚：

如果不是受重創的人，自內心將它眞正放下，整個事件怎樣結束？

此時，突然有人自身後，觸摸他肩頭，蒼澤一回頭，啊了一聲；以他的個性，極少這樣忘情。

「是——鐵城!?……鐵城!!」

「老師!!」

……

當年的鐵城，無異是他的小助理，整天在身旁轉，……上了中學，大學，偶爾來找他，然後是出國，無音訊！

時隔二十二年，他長成這麼好的白水湖子弟!!

鐵城可以說，是他教了這麼多年書以來，最聰明、資質最好的小孩，當然還有鐵夢！

這樣的資源，曾被凍結在外……他在教書，但蒼澤眞實不知，其中的癥結在那裏？

當年的屠殺者，怎會料到：人類眞正最寶貴的那相，是不易被滅亡的！去掉第一代，掩藏、塵封住第二代，然而第三代還是會昂然凸顯……因為：

當一個人去做一件事，去說一句話，不是為自身打算時，天就得替他打算！

……

蒼澤站在那裏，眼眶像接通的電線一樣，不斷灼熱起來，他只差沒有哭出來：

鐵城忘情的抱住他，二個男人都激動得說不出話：

「幾時……到的？」

鐵城的臉微紅而潤，一如當年：

「——昨晚九點出機場，就從桃園坐夜車回來，到家二點多！」

「沒人接你？」

「原先擔心入境會延擱，我父母又難得出大門，摸未清楚，只會著急，所以沒說詳細，只打電話講到：這二日內回家！」

蒼澤又問：

「你才到未久，也無躺一下休息！」

「時差，又是興奮，並無睡意，全家講話到三、四點，還有阿叔，阿嬸，又給阿公拈香，後來自己就騎車出來，一路上心中直想大喊：『白水湖，我回來了！』」

蒼澤未語；鐵城又說：

「這裡是外公本來的田，小時候我們常來！」

……

說著，二人一起向祖先合掌、行禮，神情肅穆。

這時。清晨的雲氣稍退，太陽這才探頭出來。鐵城搭著他的肩胛，二人隨意在阡陌間走著；蒼澤問：

「你回來多久？底時得離開？」

……

鐵城這一聽，停住道：「老師，在普林斯頓，我每天做夢都想著回來，那會再走!?」

蒼澤道：

「好啊！大方向定了，其他慢慢說！鐵夢呢？」

「她在柏克萊，還得二年半才能畢業；她一知我要回來，寄來這麼一首偈給我，老師，你看！」

……

鐵城說著，自上衣口袋，取出一紙郵簡，又展開來，呈到蒼澤面前：

鐵城：

知道你要回家，了解你的心情，特別附一首偈：（保證你從來沒讀過！）

還鄉盡是兒孫事；

祖父從來不出門。

南泉普願禪師

鐵夢一九九三、二、廿三

蒼澤看過，且說：

「情境實在好；鐵夢眞是聰明！這偈是有深意的，不在表層意思，一時也說不清，以後再細細體會，不過我也想抄了寄給在日本的二叔，我相信看過之後，他會舉家搬回來！」

鐵城道：

「好啊，好啊！若眞的回來，我們就跟鐵夢講。她一定歡喜！」

說著，蒼澤提議：

「走！我們騎車旋繞到學校的舊路，然後，老師請你吃米乳、飯丸！」

「好啊！」

二人一路並肩踏車，經過半山和牛稠底，鐵城又問：

「我小學就想問這問題，既然叫白水湖，湖在那裡！」

蒼澤一手扶車，一手指著：

「你看，我們剛才經過那裡，往東的方向，那一大片半濕半乾，像沼澤的窪地，上面亂長著小樹苗……就是老一輩認定的白水湖；幾千萬年前，它可能是湖泊，但時序變遷——」

鐵城接下道：

「這，就叫做滄海桑田吧!?」

……

二人愈騎，感覺愈熱，都忍不住停下來脫厚衣！

季節眞的在轉換，氣候日漸溫暖起，春天是眞的到來——

但春天也會再走，在來、去流轉間，他、他們的心上輕輕放著，許多祖先們做過，卻沒有做完的未竟春夢。

附錄

春夢・浮生

——蕭麗紅的小說世界

鄭毓瑜（台大中文系教授）

自從有了天窗
就像親手揭開覆身的冰雪
——我是北地忍不住的春天　（鄭愁予　天窗）

我們從來不能確定作者的意圖是什麼，可是卻非常清楚一本書會帶給我們什麼。彷彿斗室中開了一扇窗，風光雲影都進得門來，一本書竟然讓人生有了豁然開朗的醒覺。

在後現代主義喧騰瀰漫的今日，這份醒覺尤其難能可貴。雖然同樣運用語言文字，「概念先行」的寫作，往往流於搬弄流行、戲耍理論，拼貼的自我未經曲折的追尋，虛擬的現實沒有同情的體驗；書寫與人生漸行漸遠，文學成為裝飾的符號、消費的商品，世紀末的文壇竟然成為一場競逐「無心」的演義。

而「有心」的蕭麗紅重新連綴起人生與文學交遇的契機，將悲喜哀樂逕付口耳言說，使抽象的符號引發彷彿親歷的感動。從《桂花巷》、《千江有水千江月》到

《白水湖春夢》，善用俚語俗話、民情傳說，來傳承智慧、體驗生活，可以說是蕭麗紅獨出於當代小說家的一大特色。在《白水湖春夢》裡，這種「說」理性藉助對話式的情節推衍，尤其表現得淋漓盡致。對話與描述最大的不同，是描述往往參錯多元時空，偏重心想念慮，對話卻要求當下耳聞身觀的即刻見證。當金策與陳棋談論死生去來，是既有父親的死而復活，同時又驚見死屍落艙，才翻然悟知流浪生死的輪迴宿業、物我共體的循環果報。而鐵夢所以問道於月塘後，重回滾燙如沸水的人世，放生命於衆生大怨處，是因爲在搬水運柴間修習謙遜敬謹，在持午晚課中喚引悲憫至忱，乃至願以一身受負萬劫大苦，成爲誓入五濁惡世的大丈夫。換言之，形、神無關高低，身、心不分優劣，書中的「白水湖女兒」知理，挑擔送飯、沿街行走的勞動身影，反倒才是「眞正的生活者」。然則，所謂高貴/粗鄙、典雅/俚俗的風格判定，在眞實生活面前，原是如此微不足道。

這種以「身觀體受」取代「概念想像」的表現方式，在開篇首章的菜市場就已經爲全書奠立了最爲完整、具體的典型。錦菊的菜攤正在市場中心，「吃四面風」、「看五色人」，笑罵聽講、挨腳拌手之間，人物情事同時被拉引起來；耳目身體因此正像一個十字路口，匯集了存在的所有面向，鼓動了生命喧鬧的網絡。客觀/主觀、外物/自我也因此泯除了彼此的界限，殺豬的水龍從一開始就明白「做人和做豬，攏無快活」，屠夫和豬仔在生死兩方拉扯，都是不忍與無奈；春枝撿起聲盡力竭的蟬，才驚覺苦唱不止的蟬隻正是人生勞心役形的寫照，而由追逐與馳求的幻夢中恍然清醒。如此一種生命情境，是我在他人、萬物的位置反照自省，他人、萬物也因爲我而有了具體朗現。就這樣你一針、我一線淺淺深深的彌縫起來，悲傷與喜樂，沈淪或解脫，無人得以置身度外的世情倫理！

透過文字來體現這樣的視聽觸感、人我依存，書寫因此如同攝影寫眞，使閱讀產生面對親覩、忘我投身的臨場感。書中第五、第十回，兩度描寫蒼澤騎著腳踏車繞行白水湖的景象，車行即彷若運鏡，店面牌樓、人事情份順循著踩踏的節奏，逐位放映；從二十二到四十九歲，白水湖的起落滄桑，就這樣一幕幕流轉而出。一切都「似曾相識」，卻同時也引生「曾幾何時」的慨嘆；被圖像永恆化了的過往，卻同時也因爲圖像化而宣告了逝滅，白水湖的「春夢」迴盪在永恆/逝滅之間，暈生出既喜悅又傷痛的美感氛圍。

小說雖然可以反應現實生活，但卻絕對不是模擬翻版。再聳動炫惑的題材，如果沒有引人反覆深思的美感形式，終究只是一時的感官亢奮。發生在白水湖的愛情政治、離別生死，就因爲鋪設在時間的迴旋上，使人在流連往日、瞻望來路的顧盼之際，重新領受生命中許多意料之外的美好、深沈的密緻處。像書中寫春枝與蒼澤的愛情，世俗看來，不過就是門第作祟的愛情悲劇。可是如果我們體會春枝如何不忍傷害這個二二八浩劫後殘存的邱家根脈，如何不捨因爲逃婚家變而必須離棄的故園鄉土，又如何不願在四十歲以後回頭看年少癡狂竟落得後悔、怨懟的下場；也就能理解蒼澤在年近半百的日後，所以沒有分手生離的憾恨，反倒一輩子感念春枝對他的愛，讓他穩妥而不生變故地安身立命、重建家園，是怎樣一份超凡脫俗的相知相惜。愛情涵融在時命的長河裡，因此釀製出雋永的風味——是令人陶醉的戀慕、驚心的惘然與醒悟的勇氣。

蕭麗紅在書的扉頁上注明「寫給在世間受傷的」，如果容許分出輕重，那麼政治的迫害顯然比愛情的悵惘，更易引生感時傷逝的刺痛；因爲那往往是家族的連坐、世代的牽累，是由「生」到「死」黝黯無盡的時間長巷。如果愛情透過時間的折射，猶有堪稱淒美的救贖；死亡卻反射出永遠不能痊癒的慘白。錦菊記得，二二八事件那年，邱老師與黃院長「在那種硬扯腸肚的情形下，自她目裡消失，自此不見——」；沒有任何理由與線索的消失不見，探詢的焦慮混雜著破滅的希望，從此成爲生者最沈重與孤獨的承擔。邱永昭要錦菊「好好活著」，邱永昭的父親臨死交代媳婦素卻「好好活下去，…留兩個目睭，替我看！」如此等待眞相大白的時間競賽，是怎樣一場暗無天日的垂死掙扎！

素卻後來憶起，「她連人都活不過去」，「事實上，她是一個死人，所不同的，她多一份氣絲，但這寸氣絲，只維持她每日拖著身命而已，她眞像一個無魂活屍」！如此形在魂飛，「心」與「身」拉鋸的痛楚，竟然成爲「活著」唯一的感覺；然而所有的屈辱與磨難，也都因此在這場拔河中展現了前所未有的力度。當黃潤不明不白的一去不返，剛烈的妻子堅持不讓水源、水霖兩兄弟繼續升學，水源後來去學木工，每日靜默做著養家活口的工作，隻字不提過往，但是在推揮刨刀、滿面木屑的當下，「他的身影和面部表情以及每個動作，才是叫天地晃搖的眞正控訴！」

如果政治控訴可以表現得如此崇高雄偉，顯然世俗充斥詆毀、謾罵、嘲諷的政治小說，也許都只能算是意識形態的裝飾品而缺乏文學表現的誠意。文學不在引發行動實踐的快意；而在於推敲某種對人生意味深長的解釋。當黃潤的孫子——鐵城終於在黑名單解除後歸返故里，蕭麗紅寫到「當年的屠殺者，怎會料到：人類眞正最寶貴的東西，是不易被滅亡的！」這份愛鄉愛土的情懷，的確從來不曾消失過，雖然去掉黃潤、掩藏第二代水源、水霖，到了第三代卻還是昂然凸顯。時間見證這一切：「當一個人去做一件事，去說一句話，不是爲自己打算時，天就得替他打算！

原來，斷章取義構不成歷史，而天理只彰顯在持續不斷的歷史流變中。時序更迭、滄海桑田，白水湖早已不是千萬年前的湖泊，蒼澤與春枝的愛情、黃潤一家的政治劫難，也終將成爲過往煙塵。但是，如夢的人生並非了然無痕，來時路上那些嘆息、歡喜，以及勇敢的堅持，同時就構成了對未來的「前理解」；換言之，我們唯有更陷入對「曾經」切身的感動，才能豁顯一個「現今」並指向「未來」的眞純而堅實的存在。春去春又來，在他們以及我們的心上，就這樣流轉著「許多祖先做過、卻沒有做完的未竟春夢」；無邊春夢，在這本書裡成就了承傳綿延的永恆意味。

如果一本書的確爲我們打開一扇心內的門窗，那麼「白水湖春夢」就像接引春光的天窗，爲冷漠、塵封的世界，帶來「忍不住的春天」！

當代名家
白水湖春夢

1996年12月初版　定價：新臺幣300元
2021年10月初版第三十九刷

著者　蕭麗紅
責任編輯　吳興文

出版者　聯經出版事業股份有限公司
地址　新北市汐止區大同路一段369號1樓
叢書主編電話　(02)86925588轉5305
台北聯經書房　台北市新生南路三段94號
電話　(02)23620308
台中分公司　台中市北區崇德路一段198號
暨門市電話　(04)22312023
郵政劃撥帳戶第0100559-3號
郵撥電話　(02)23620308
印刷者　世和印製企業有限公司
總經銷　聯合發行股份有限公司
發行所　新北市新店區寶橋路235巷6弄6號2F
電話　(02)29178022

副總編輯　陳逸華
總編輯　涂豐恩
總經理　陳芝宇
社長　羅國俊
發行人　林載爵

行政院新聞局出版事業登記證局版臺業字第0130號

本書如有缺頁，破損，倒裝請寄回台北聯經書房更換。　ISBN 978-957-08-1638-9 (平裝)
聯經網址 http://www.linkingbooks.com.tw
電子信箱 e-mail:linking@udngroup.com

國家圖書館出版品預行編目資料

白水湖春夢 / 蕭麗紅著．初版．新北市．
聯經．1996年．324面．14.8×21公分．(當代名家)
ISBN 978-957-08-1638-9(平裝)
[2021年10月初版第三十九刷]

857.7 85012828